W9-BGE-350

CORÍN TELLADO

Te acepto como eres

Título: Te acepto como eres

Torrelaguna, 60. 28043 Madrid (España) www.puntodelectura.com

ISBN: 84-663-1517-9
Depósito legal: B-29.138-2006
Impreso en España – Printed in Spain

Adaptación de cubierta: Éride
Fotografía de cubierta: © Zefa
Diseño de colección: Punto de Lectura

Impreso por Litografía Rosés, S.A.

200 / 32

CORÍN TELLADO

Te acepto como eres

No he de hacer distinción entre tirios y troyanos.

VIRGILIO

1

Marcela pensaba que un día u otro tendría que decirlo.

No era lógico ni soportable que siguiera callando, cuando una voz interior le indicaba que abordara el tema cuanto antes. Por otra parte, una fuerza íntima la empujaba rotundamente a ello.

Suponía cómo iba a ser acogida la noticia, cuando lo que esperaban de ella era una boda inminente con David Juncale de la Fuente.

A su madre la consideraba más humana, más comprensiva, pero, de cualquier forma que fuese, en aquel caso concreto estaría del lado de su marido, que, a fin de cuentas, era su padre.

La ocasión se presentó aquella mañana. Había tenido el día libre y se levantó tarde.

Su padre había vuelto del campo. Aún sentía Marcela el relincho del caballo, que había dejado en poder de un criado. Su madre, en cambio, se hallaba en la terraza, bajo una sombrilla de colores, haciendo punto, como todas las mañanas a aquella hora.

Marcela apareció enfundada en un pantalón blanco estrecho, una camisola a rayas blancas y negras de manga corta y muy holgada. Rubia, con unos ojos color canela con chispitas doradas, esbelta, muy atractiva, más que hermosa.

Con una clase especial, un aire más bien frío, distante, aunque quien la conociera bien sabía que era sólo su apariencia, pues estaba llena de sensibilidad y sencillez.

Su padre, el muy estirado señor Igualada de la Torre, aún enfundado en su traje de montar, con la fusta en la mano enguantada, erguido ante la balaustrada, dijo a su mujer, cuando ya Marcela se perfilaba en la puerta encristalada de la terraza:

—Un día, muy pronto, toda esa extensión que ves en torno, que se extiende hectáreas y hectáreas, será de los Igualada de la Torre y Juncale de la Fuente. Cuando las dos fincas sean una, no habrá ganaderos más poderosos en toda Europa. A propósito de eso, ¿hablaste con Marcela?

Al girar se topó con su propia hija, la cual aún no había visto ni siquiera a su madre.

—Ah, buenos días, hija, ¿qué tal has dormido? Le estaba diciendo a tu madre…

Marcela se acercó para besarle.

En realidad nada tenía que ver lo uno con lo otro.

Amaba a sus padres, pero… no estaba preparada para casarse. Por otra parte, necesitaba conocerse a sí misma en solitario.

Sabía que iba a darles un tiro de gracia

Sabía que les iba a dañar.

Pero tampoco podía ella vivir en aquella incertidumbre.

Primero besó a su madre, que al verla levantó la cara, y después a su padre, que aún se hallaba de pie.

—Estábamos hablando de ti, Marcela.

—¿Sí?

—Siéntate. ¿Te pido el desayuno?

—He pasado por la cocina —dijo Marcela con sencillez— y he tomado un zumo y un café con tostadas. Remi me lo tenía dispuesto en la bandeja. Así le evité que me lo trajeran aquí.

—Marcela… te tengo dicho…

—Lo sé, mamá. Lo sé —imitaba su voz—. «No tomes nada en la cocina. No pases por allí. Los tiempos en que eras una niña han pasado ya. Ahora eres una señorita».

—¿Y no tiene razón tu madre, Marcela?

La joven se incrustó en un sillón y miró en torno con cierta desgana.

—No lo dudo, papá. De todos modos, si te movieras en un hospital tendrías muy poco en cuenta esas pequeñeces de raza, de clases, de…

—Basta, Marcela. Tienes que darte cuenta de que estamos disgustados. Eres una de las más ricas herederas de este país. Que te haya dado la chaladura de ser enfermera, es cosa tuya. Pero que, además, ejerzas, es ya el colmo.

—Además —apostilló la madre— es hora de que te cases. De que formalices tus relaciones. De que vayas pensando, incluso en tus futuros hijos.

Marcela pensaba que era un buen momento para hablarles de sus propósitos, pero no creyó oportuno hacerlo en la terraza y viendo a los criados yendo de un lado a otro. Imaginaba a su madre levantándose despavorida del sillón y a su padre levantando la fusta y prodigando gritos desaforados.

—Hay tiempo para pensar en eso —dijo.

Y se levantó.

* * *

Lucas Heredia la vio entrar y notó su desgana.

La apreciaba mucho. La tenía siempre de guardia con él. Les unía una fuerte amistad.

Él llegó a aquel hospital un año antes y empezó a intimar con ella. Marcela Igualada (para Lucas, lo de «Las Lagunas» le tenía sin cuidado) era una de las chicas más humanas, sensibles y responsables que él había conocido en el transcurso de su carrera.

—Eh, Marcela —llamó.

La joven miró aquí y allá, y cuando tropezó con Lucas avanzó resueltamente a su lado. Dentro de la bata blanca aún parecía más diáfana, aunque aquel aire de frialdad era muy suyo y desconcertaba a los que la conocían, si bien no a Lucas, que creía conocerla mejor que nadie, aunque jamás profundizara.

Sabía, eso sí (pero a él le importaba un rábano), que era una rica heredera. Hija de un ganadero poderoso, novia del hijo de otro ganadero no menos poderoso y demasiado joven para tener un novio formal y en la antesala del matrimonio

—Hola, Lucas —saludó sentándose enfrente de él.

—¿Qué tomas?

—Un café, como tú.

Lucas lo pidió por señas. La cafetería del hospital estaba desierta a aquella hora de la tarde. Las visitas reglamentarias ya habían terminado, y las privadas no pasaban por allí, pues había otra cafetería más preparada y mejor servida en el ala sur del edificio.

—He tomado la guardia ahora —dijo Marcela, sacando del bolsillo de la bata cajetilla y mechero—. Por lo visto volvemos a estar juntos esta noche.

—Durante todo el mes. Cada dos meses nos tocan las guardias de la noche.

El camarero les sirvió el café. Lucas Heredia lo pagó.

—Ojalá no haya mucho movimiento —dijo Marcela—. Esta noche no me siento con fuerzas para, por ejemplo, ver entrar por urgencias a personas muriéndose.

—Te sucede algo, ¿verdad?

Ella sacó un cigarrillo y se lo llevó a los labios.

—¿Me permites? —preguntó Lucas, y tomó otro para sí mientras encendía el mechero y le ofrecía lumbre a la joven—. Si quieres un confidente...

—Lo de siempre.

—Que no lo has dicho aún. ¿No es eso?

—Es que no sé cómo abordar el tema.

—A los dieciséis años, mi padre (no recuerdo a mi madre) me sentó enfrente de él y me dijo: «¿Qué vas a hacer, Lucas? ¿Qué es lo que de verdad quieres hacer?» Y yo le dije: «Médico en España» —miró al frente con cierta nostalgia—.

Me arregló los documentos en seguida. No volví a verle. Ese primer año de carrera aquí, en España, no fui de vacaciones. Mi padre no era un capitalista. Resultaba duro para él trabajar tanto para poder costearme los estudios. Yo me esforcé. Conseguí una beca especial y, ayudándome con trabajos extra en un laboratorio, le quité la tremenda carga que llevaba encima —sonreía con tibieza—. Nunca volví, porque a los dos años, cuando pensaba ir a verle, me dieron la noticia de su muerte. Jamás volví al Brasil. La situación ya sé que es distinta. Pero tú… tienes que pensar, muy pensado y muy reflexionado, en lo que realmente deseas.

Marcela removió el café con ademanes cansados.

—El hecho de que mi padre sea un ganadero poderoso no me conforma. En realidad… no me siento preparada para casarme, que es lo que mi padre quiere que haga.

—Pero tú, además, deseas emanciparte. Vivir sola, encontrarte a ti misma.

—¿No tengo todo el derecho del mundo? No soy propiedad de nadie, y hasta la fecha me han manejado como si lo fuera.

—Dilo así. Cuando me contaste que querías alquilar un apartamento y vivir sola, te aconsejé que hablases con ellos. Nada de deshacerte el coco, Marcela. Yo te hablé de mí mismo en ese tono y con esas palabras, para que entendieras lo difícil que es ser hijo de ricos. Mi padre no lo era; en cambio, me dejó obrar por mi cuenta. Quizá si hubiera poseído una gran plantación de café, me hubiera dicho: «Lucas, te vas a casar con fulanita. Te vas a poner al frente de la plantación. Te vas a fastidiar toda tu vida». Afortunadamente, no poseía dinero; pero sí un gran sentido de la responsabilidad como padre.

—Ellos no me obligaron jamás a ser novia de David.

—Por supuesto. Pero era el chico que tenías delante. El chico con el cual salías a todas partes. Cuando se tienen diecisiete años y nada de experiencia, cuando el mundo es de color de rosa, cuando las gentes son todas angelicales, y si no lo son nos lo parecen, es fácil comprometerse, enamorarse, o pensar que se está enamorado.

—Yo no sé si lo estoy o no lo estoy, Lucas —se rebeló—. Al fin y al cabo sólo tengo dudas. Unas dudas que a los diecisiete años ni me pasaban por la cabeza, pero que a los veinte me acucian y me persiguen. Y no me voy a casar con tales dudas. No voy a tolerar que se me aconseje.

—Tenemos toda la noche para discutir eso, Marcela —dijo Lucas levantándose—. Ahora debemos irnos.

Enfundados en sus batas blancas, dejaron atrás la cafetería para internarse en los pasillos y descender hacia la planta sexta, donde tenían su guardia en traumatología.

2

Había pasado una noche agitada. Por Urgencias habían entrado heridos, atropellados en la vía pública, otros debidos a accidentes de tráfico, alguno que había intentado el suicidio. Casi de madrugada, Lucas hacía un café para los dos. El servicio de la noche era reducido. Sólo dos auxiliares se hallaban ante las mesas de control en aquel trozo de planta, dos enfermeros pendientes de unos enfermos y ellos dos tomando el café que Lucas había hecho en un hornillo eléctrico.

Lo tomaban de pie, al tiempo que fumaban a pequeños intervalos.

—Será mejor que te enfrentes cuanto antes a la realidad, Marcela. Me agradezco a mí mismo saber tus cosas, pero saber a la vez que no te he inducido a nada concreto.

Marcela miró en torno con desgana.

—Fue el hospital. La vida que se respira aquí. Lo poco que vale la vida, Lucas. Lo poco que a veces significa.

—Lo raro es que te hayan dejado ser enfermera siendo quien eres.

Marcela sonrió.

—Me enviaron a colegios de superlujo, pero yo siempre accedía a cambio de ser médico.

—¿Médico?

—Y me quedé en enfermera. ¿Por qué? —se encogió de hombros—. Porque ellos lo prefirieron, ya que además de ser una carrera corta, pensaron que jamás me adaptaría. Y me gusta. No sólo me gusta, es que a través de todo esto me fui conociendo a mí misma.

—¿Y de ahí tus dudas?

—Puede que sí. Cuando les dije que deseaba ejercer se opusieron. Pusieron el grito en el cielo. Ya te lo he contado otras veces. David se puso como un energúmeno. Pero yo conseguí lo que me proponía. Hubo sus más y sus menos. Quizá creyeron que me cansaría pronto y por eso accedieron. Llevo un año aquí, tanto como tú. Oye, ¿recuerdas el día que llegamos aquí los dos?

—Por supuesto. Nos conocimos en la cafetería. Teníamos cara de mochuelos. Yo venía de Madrid con una plaza ganada a fuerza de estudios. Tú, seguramente, recomendada.

—Algo así. Nos hicimos amigos en seguida. Recuerdo que tú me contaste parte de tu vida. Que eras brasileño, que habías hecho toda la carrera en España, que te sentías tan español como el que más y que deseabas ser un médico social, sin más que añadir. Un buen traumatólogo, pero social. Que detestabas la medicina privada, que era un comercio. Que...

—Que tenía veinticinco años y que para mí la medicina era lo importante.

Sonrieron.

—Tú —añadió Lucas— me dijiste muy poco, pero yo «sentí» que te gustaba ser mi amiga y que en el hospital éramos, por el momento, como dos aislados, porque no conocíamos a nadie.

—Más tarde te hablé de mis relaciones con David.

—No fue así, Marcela. Te vi en una sala de fiestas con él y al día siguiente te pregunté quién era.

—Es verdad. Me olvidaba de ese detalle.

—Llevo —dijo Lucas, sirviéndose otro café— un año en esta ciudad andaluza y estoy contento. Tengo amigos; tu amistad me enorgullece, y conozco gente. Ah, oye, ¿sabes que pregunté lo que me pediste que preguntara? Sí, Marcela, lo de los apartamentos en el edificio donde yo vivo. Los alquilan amueblados, y hay dos. Dos libres. Uno que dejó la semana pasada un ingeniero, y otro que dejó un director de cine que estaba rodando aquí una película. No son caros. Tienen un precio acomodado a la situación actual. Con tu sueldo lo puedes pagar, suponiendo que tus padres se nieguen a ayudarte.

—Será un campanazo, Lucas. Pero tengo que hacerlo. Sólo así sabré qué es lo que quiero en realidad.

—¿Lo hablaste ya con tu novio?

—No. Prefiero hacerlo primero con mis padres. De hacerlo con David, cizañaría a su padre y a los míos.

—De verdad, Marcela. ¿Tú le amas?

—¿No te das cuenta de que esa duda es lo que me obliga a obrar así, a desear la libertad absoluta, a emanciparme e independizarme? Va a ser un duro golpe, pero… tendré que hacerlo, a menos que me confunda ya para el resto de mi vida.

Lucas tomaba el café a pequeños sorbos.

—¿Quieres otro, Marcela?

—Sí, dame. ¿Qué hora es?

Y miró su reloj de pulsera.

—Las seis. Pronto aclarará.

Sonaron los timbres. Ellos dejaron las tazas de café y corrieron pasillo abajo.

Las auxiliares indicaban el tablero donde, intermitentemente, brillaba una luz.

—Es de la seiscientos ocho —dijeron.

Lucas y Marcela se adentraron pasillo abajo.

* * *

—Te llevo —dijo Marcela, saliendo al exterior y colgando el suéter por el cuello—. Te dejo en el centro de paso para el cortijo.

—Ando negociando un automóvil de segunda mano —rió Lucas tranquilamente.

Era un joven alto, fuerte. De pelo negro y negros ojos. Moreno, de piel cetrina. A veces en sus ojos oscuros aparecía una nubecilla, pero pronto la hacía desaparecer con una sonrisa. Marcela siempre pensaba, de su buen amigo Lucas, que algo le inquietaba o le hacía tomar la vida con filosofía. Nunca le vio salir con chicas. La ciudad no era grande. Además, ella salía bastante del cortijo con su novio. Salas de fiestas, cines, teatros, alguna que otra reunión social. Nunca lo encontró, salvo una vez, cuando al día siguiente él le preguntó quién era el chico que la acompañaba.

De eso hacía casi nueve meses; fue cuando ella empezó a hablarle de sus dudas, sus traumas, sus miedos a una equivocación con referencia a la estabilidad amorosa de toda su vida.

—En Madrid —siguió hablando Lucas, interrumpiendo así los pensamientos de Marcela— solíamos alquilar uno entre los estudiantes que habitábamos el mismo piso. Eramos cinco, y nos costaba poco dinero. Aprendí a conducir así. Pero las ganancias, hasta la fecha, no fueron como para darme el lujo de un automóvil.

Marcela conducía con mano segura su pequeño «cuatro plazas». Poseía otro auto, blanco, precioso, descapotable, pero jamás lo usaba para desplazarse al hospital. No le parecía prudente ni adecuado.

—Si te apetece —le iba diciendo Lucas— puedes ver de paso los apartamentos. El edificio está dividido para eso. Es moderno, confortable, pero pequeño, eso es verdad. En la cocina no caben dos personas, pero en nuestra situación es lo que menos se usa.

—Iré a verlos ahora si no estás cansado. Yo estoy rendida, pero...

—Pues cuando llegues al centro paras un momento y vamos a verlos. Yo vivo en la sexta planta. Los apartamentos vacíos están en la quinta.

El portero se prestó a enseñárselos. Era un apartamento muy pequeño, pero confortable. Viviendo en una casa tan grande, Marcela tenía la sensación de hallarse en su propio cuarto, que era espacioso, claro, muy amplio, pero aquello era su mundo, y esto era un apartamento inhóspito.

Se componía de alcoba, baño, salón y cocina. Nada más. Decoración funcional; todo en blanco y azul. Lo mejor que tenía era la moqueta del suelo, que era azul con chispitas blancas y que daba a la estancia del salón un aire intimista.

—¿Lo puede reservar por una semana? —preguntó Marcela al portero del inmueble.

—No estoy seguro.

—Matías —le reprochó Lucas—, que tienes médico gratis…

—Bueno, por don Lucas…

—Le daré la respuesta el lunes próximo.

—¿Y si me sale un inquilino?

—Dígaselo a don Lucas.

—Entonces, bueno.

Al salir al rellano, el portero se fue, reclamado del ático, y Lucas miró a Marcela riendo, con aquella tibia sonrisa y con una cierta melancolía oculta.

—Tendrás que abordar el asunto, Marcela. Si no lo haces ahora, ya nunca te atreverás. En realidad, cada persona ha de ser ella misma. No podemos regirnos por los gustos y las apreciaciones de los demás. Por otra parte, si tus padres son comprensivos, se darán cuenta de que, no por independizarte, vas a olvidarles, sino quizá todo lo contrario. De verdad, yo daría algo porque al fin te encontraras a ti misma, te dieras cuenta de lo que deseas en realidad. Pienso, por otra parte, que la soledad te puede ayudar en ese cometido que es todo tu futuro. ¿Quién te dice que al mes de vivir aquí no añoras todo lo que has dejado? —le posó una mano en el hombro—. Hazme caso. Habla con ellos.

—Pero es que mis padres nunca entenderán. Son reaccionarios, pegados a sus tradiciones, a su dinero, a su nombre. Pensarán que, por el hecho de irme de casa, me convierto en una perdida.

—Ése es el gran error de los mayores, Marcela. Yo te di una solución a tu problema. Si no estás preparada para casarte. Si no estás absolutamente segura de que amas a tu novio, ¿te das cuenta de cuál será tu cruz en el futuro? Que la cruz llegue por sí sola, porque tiene que llegar, de acuerdo, pero que uno se la cargue al hombro a sabiendas de que no podrá con ella, lo considero absurdo.

—Gracias, Lucas, te veré esta noche.

—¿No quieres que te acompañe hasta el auto?

—Claro que no. Gracias.

Y se fue a toda prisa.

Del centro al cortijo de sus padres había sus buenos doce kilómetros. Claro que a los cinco, a partir del centro de la ciudad, ya empezaban las posesiones de los Juncale de la Fuente, y dos más allá las de sus padres.

3

Fue a media tarde.

Había dormido unas cuantas horas después de una ducha templada. Solía aparecer por el cortijo cuando su madre aún no se había levantado y su padre ya andaba cabalgando campo a través con su gente. Era verano y hacía calor. Marcela pensó que ese día David no iría a buscarla, porque ella misma le había advertido que no fuese, ya que tenía en mente conversar con sus padres todo lo serenamente que fuese preciso.

Sabía que no iba a ser entendida. O que le pondrían los mayores obstáculos posibles. Su madre era más humana, pero en tales circunstancias, evidentemente, se pondría al lado de su padre.

No obstante había que afrontarlo todo, y pensaba hacerlo. No admitía dilación. Tampoco podía pensar que la culpa de su decisión la tuviera

Lucas. No, en modo alguno. Ella le contó a Lucas lo que le sucedía, y Lucas le dio una solución.

Tampoco podía decir que había otro hombre en su vida, porque no era cierto. Lucas mismo era un gran amigo, pero jamás pensó en él como posible pareja. Las dudas eran sólo suyas. Ella, que se debatía en su mar de confusiones.

Porque una cosa era tener diecisiete años y enamorarse como una parvulita, y otra tener veintiuno y llevar cuatro años junto a la misma persona sin deseo alguno de casarse.

Tampoco podía decir que sus relaciones con David fuesen del todo blancas. Pero sí que lo eran desde que las dudas empezaron a entrar en ella.

Las luchas, pues, entre David y ella eran enconadas. David quería volver a los antiguos tiempos, y ella no sentía fuerza suficiente para reanudar un amor íntimo que no deseaba. De ahí su incertidumbre. Porque, si siguiera deseando a David, ¿qué mejor que casarse?

«El que diga que el amor no implica deseo es un tonto», solía decir Lucas, cuando ella le refería pasajes de su vida íntima con David.

—Bueno —dijo el padre, al verla entrar en el salón—, te estábamos esperando.

—¿Para qué?

—Para hablar.

—Mamá, ¿hablar de qué?

—Pues de mil cosas. Por ejemplo de tu profesión. No nos gusta nada. Tu padre y yo pensábamos decírtelo hace tiempo. En realidad lo sabes perfectamente, pero te hemos permitido el gusto, porque creíamos que te cansarías.

Marcela pensó que era el momento.

Vestida con un trajecito de hilo rojo, tipo sport, y calzada con sandalias negras de finas tiritas, se acomodó en un sofá.

Dos años antes hubiera sentido recelo, indecisión. Ahora no tanto. Además, pensaba que iba a defender una causa justa.

—Cuatro años de relaciones es mucho tiempo —dijo el padre, paseando el salón y mirando a su hija silenciosa a pequeños intervalos—. David ha terminado su carrera de ingeniero agrónomo. Tiene veinticuatro años. Una buena edad para formar una familia y tener hijos sanos y fuertes.

—Si te sentaras, papá, hablaríamos con más calma, más sosiego y quizá con más razonamiento.

Gerardo Igualada se sentó de golpe.

Aún vestía el traje de montar y las altas polainas. Marcela pensaba que tanto su padre como su madre eran aún jóvenes. No entendía por qué su mentalidad era tan vieja.

Pero tenía que actuar conforme a su mentalidad, y eso lo veía muy difícil.

Ella defendía su postura, pero los padres, iban a defender la suya con uñas y dientes. No obstante, ella estaba dispuesta a salir victoriosa. Sí, sí, ya sabía la responsabilidad que tenía por la herencia, por dar nombre a la casta, y todas esas zarandajas que a ella, en verdad, le tenían sin cuidado.

—Veamos, Marcela —dijo el padre, ya sentado y casi solemne—, ¿cuándo os casáis?

—No me siento preparada.

—¿No te sientes...? ¿Qué tonterías son ésas, Marcela?

—Os lo dije en otras ocasiones. No me siento dispuesta. No sé aún lo que deseo en realidad. Me puse en relaciones con David a los diecisiete años. Os agradó, os encantó, diría mejor, que me emparejara con vuestro amigo y vecino. Pero... ¿se puede una casar así, sólo porque convenga? En estos tiempos...

—No quisiera perder la paciencia, Marcela.

—Papá, me temo que tendrás que perderla, a menos que razones. No me voy a casar aún. No digo que no lo haga. Tengo que entenderme, verme por dentro, palparme y saber, de todo ese análisis que extraiga de mi meditación, si deseo realmente ser la esposa de David. Creo que le estimo —añadió, pensativa, sin que sus padres dijeran nada aún, así habían quedado silenciosos de la sorpresa—, pero no es posible casarse con un hombre al que sólo estimas.

El padre se levantó de golpe. María, la madre, estiró el busto hasta casi parecer rígida.

* * *

Marcela dijo tibiamente:

—Siéntate, papá.

—¿Después de lo que has dicho? ¿Sabes lo que significa mantener cuatro años de relaciones con un hombre y quedarte así?

—No sé lo que significará para vosotros. Para mí, nada. Para mi generación, casarse por unir dos pedazos de tierra es lo más demencial del mundo.

—Marcela, que estás hablando con tu padre.

—Es que, si no lo fuera, no tenía por qué darle esta explicación.

El padre volvió a sentarse. Estaba lívido.

—En mis tiempos, Marcela…

—Papá, que tus tiempos eran tus tiempos, y los míos son otros. Eso debéis entenderlo. Además, yo no estoy diciendo que no me case con David. Estoy diciendo que deseo y necesito vivir sola un tiempo. Reflexionar. Mantenerme con lo que gane.

—¿Ehhhhh?

—Eso es lo que iba a deciros. Ya que me habéis adelantado la ocasión, no tengo más remedio que abordarla y decidirla.

—Irte a vivir... ¿adónde? —deletreó el padre.

—Al centro. En un apartamento.

—¿Oyes, María?

—Papá.

—María, que yo termino volviéndome loco.

—Si no razonamos sosegadamente, no puedo continuar. Con tus gritos me aturdes, papá.

—Pero, ¿cómo quieres que no los dé? ¿Qué campanada es ésa? ¿Acaso te olvidas de quién eres hija, del nombre que te obliga, de...?

Marcela también se había levantado.

La madre estaba tan asombrada que no daba crédito a lo que oía.

—Escuchad —y les apuntó con el fino dedo enhiesto—. Tengo veintiún años. Una profesión bien remunerada. Deseo conocerme a mí misma, aclarar mis ideas. No vivo con vuestros prejuicios, ni con vuestras creencias, ni con vuestros métodos. Yo tengo los propios de mi generación. Me gustaría que entendierais todo esto. Que no me obligarais a hacer las cosas en contra de vuestra voluntad. Yo tengo mi vida, mamá. No me mires con ese espanto. Tengo, pues, todo el derecho del mundo a hacer lo que crea más conveniente, pero nunca porque a vosotros os interese. No voy a usar el tópico de que me habéis traído al mundo sin que yo lo pidiera. Sería injusto. He sido feliz a vuestro lado, os quiero muchísimo. Ahora, después de cuatro años de relaciones, me decís que debo casarme, y que si no me caso, quedaré marcada para el resto de mi vida. Eso era antes, mamá, y si fuese hoy para vuestra generación que sería la que me juzgase, no me importa. No me importa en absoluto.

—Marcela.

—Papá, te estoy dando explicaciones. Sé que os daño. Pero... ¿no os dañaría más si de súbito, dentro de un año o dos, os dijera que me iba a divorciar? Mirad, si tuviéramos seis vidas, os cedería ésta y me quedaría con las otras cinco. Pero sólo tengo una, y todo el derecho del mundo a vivirla como quiera. Como yo entienda que vivo mejor. Os diré, además, que tanto dinero, tanto poderío, tanto nombre, no sirve de nada, cuando se ven tantos dolores, tantos desgarros, tantas muertes inesperadas e injustas a los ojos de los humanos, de su entendimiento lógico. No me miréis así; no soy un monstruo. No quisiera pareceros injusta, porque no lo soy. Pero ante la duda, ante tanto como me disteis, ante una vida cómoda como la que yo he llevado, no puedo ser yo si la acepto así, sin probar antes otra.

—Estamos anonadados —dijo la madre, entendiendo en parte la postura de su hija.

—Estamos indignados —gritó el padre.

—Calma, Gerardo. Deja que Marcela se explique.

—¿Qué explicación ni qué niño muerto? Ella tiene un deber que cumplir.

—¿Matarme en vida, papá? ¿Sacrificar mis ideales más sinceros? ¿Venderme por unas tierras?

—¡Marcela, no todo el mundo nace en una cuna como la tuya, y cuando se nace así, uno tiene deberes y responsabilidades!

—Lo entiendo. Pero antes de asumirlas, quiero vivir a mi manera.

—Que es sola, en un apartamento. ¿He oído bien, Marcela?

—Has oído bien, papá.

—Tú estás loca.

Marcela se encaminó a la puerta.

—Lo siento. No entendéis. Considero estúpido seguir hablando.

4

El padre, de un salto, la retuvo asiéndola por un brazo.

—No te irás. Hemos de continuar hablando.

Marcela sólo volvió el rostro. Lo tenía rígido. María y Gerardo la conocían lo suficiente como para darse cuenta de que por las malas no llegarían a parte alguna.

Era fácil, para ellos, recordar cuando decidió ser enfermera. Cedió en lo de médico, pero nunca en lo de enfermera, por más razonamientos que esgrimieron.

El padre tenía cuarenta y cinco años escasos. María no llegaba a los cuarenta y uno, por tanto sabían cómo funcionaba la juventud, cómo se desprendía del amor fraterno contra viento y marea, cómo perdían la unidad familiar si se les imponían criterios ajenos.

Soltó el brazo que sujetaba.

—Entra de nuevo, Marcela —dijo, dolido y sin gritar—. De nada sirve tomar la cosa a la tremenda.

Marcela entró y se fue a sentar silenciosamente en el sofá que había dejado momentos antes.

—Somos jóvenes aún —dijo Gerardo, más calmado, de pie, junto al sillón que ocupaba su mujer, aún rígida y al parecer sin entender—. Evidentemente sabemos cómo funciona la juventud, cómo desprecia tantas cosas que toda la vida han sido bellas y dignas de ser respetadas. Es posible que tú digas, como dices del dinero y del poder, que no sirven de nada, pero sin ellos maldito si se consigue gran cosa. Quizá cuando quieras darte cuenta de eso, sea ya demasiado tarde.

—Marcela —insistió la madre ante el silencio ya atosigado de su marido—, quizá no te entendimos bien. Dices…

—Que quiero vivir sola. Que no estoy segura de amar a David para pasarme a su lado el resto de su vida. Y digo, además, que, en efecto, sin dinero nada se hace, pero no es preciso tener tanto, ni buscar más. Todo se queda aquí. La vida es lo único positivo que tenemos y lo único que nos personifica y nos complace, porque ella es absolutamente nuestra —se señaló a sí misma—. Puedo poseer un montón de cosas de los demás, de lo que me dais, y gustarme recibirlas. Pero la única que realmente me pertenece es mi propia vida.

—Marcela, nunca has pensado así.

—No, papá. Pero es que hasta ahora no he sido madura. Desde que hace un año empecé a trabajar en el hospital veo muchísimas cosas, demasiadas miserias humanas, demasiado dolor... Hay que ir por el hospital de vez en cuando: uno se hace más humano, más comprensivo.

—Nunca debimos dejarte trabajar en eso, Marcela.

—No, mamá. Me faltaría algo. Quizá me hubiese convertido en una muñeca frívola, en una damita mundana, en una mujer superficial —hablaba quedamente, como si reflexionara en voz alta pero para sí—. Allí he madurado, he comprendido, me he dado cuenta de que la vida no es tan bella ni tan fácil. De todos modos, prefiero ser así que ser la chica de antes que se iba con sus amigos o su novio y se olvidaba de todo para divertirse. No sé, no sé qué me pasa —se alisó el rubio cabello como con desesperación—. El sentido común, la miseria de los demás. La muerte asomando su cara. Yo qué sé. De todos modos, si me amáis, si de verdad os intereso, dadme una tregua.

—¿Una tregua?

—Sí, papá. De un año. Quizá antes aparezca por casa y os diga que no puedo más, que la soledad y la meditación no me van y que prefiero volver a mis hábitos de antes. En un año decidiré mi vida, papá. Te doy mi palabra. Y en cuanto a que viva sola en un apartamento, no te preocupes. Espantará a tus amigos, los que tienen tu edad o mayores, porque a ninguna persona joven, que tenga la cabeza en su sitio, le asombrará en absoluto mi decisión.

Se levantó.

Llegaba la hora de irse.

Remi andaba por la casa encendiendo luces.

—Reflexionad los dos sobre ello. A solas, si queréis. Y si os parece, llamáis a Gonzalo Juncale, el padre de David, y lo comentáis con él. Yo seguiré pensando igual y decidiré mi vida sobre esa base en menos de dos semanas.

—Marcela, ¿no podemos seguir hablando?

—En todo caso, mañana, papá. Ahora debo irme al hospital.

Pese a todo les envió un beso con los dedos y se alejó. Al rato oyeron el ronco motor del auto arrancar. Remi apareció en el umbral preguntando si comían en casa.

—Sí, Remi —dijo María de la Torre mirando vagamente al ama de llaves—. Pon dos cubiertos.

Cuando la puerta se cerró tras Remi, Gerardo Igualada de la Laguna preguntó:

—¿He oído bien, María?

—Has oído bien, Gerardo.

—¿Y qué vamos a hacer?

—Dale la tregua de un año.

—¿Un año? ¿Lo entenderán Gonzalo y su hijo?

—El caso es que lo entendamos nosotros, Gerardo.

El ganadero se pasó los dedos por el pelo una y otra vez.

—Por más que hago, no lo entiendo, María. No lo entiendo. ¿Y si nos negamos?

—La perderás. La conocemos bien, Gerardo. La conocemos los dos perfectamente.

* * *

—No es posible.

—Lo es.

—¿Y David? ¿Y el matrimonio que esperábamos todos?

—Tendrá que esperar, como esperamos nosotros —dijo Gerardo Igualada con íntima desesperación—. De nada sirve rasgarse las vestiduras. Era fácil manipular a una joven de diecisiete, dieciocho e incluso diecinueve años. Pero, a una mujer de veintiuno, que, además, es nuestra hija y que no queremos perder, no es nada fácil.

—Pero es absurdo lo que pretende vuestra hija, ¿no es cierto, David? —el hijo dio unas cabezaditas afirmando—. Irse de casa, viviendo en la misma ciudad. Vivir sola, teniendo los padres aquí. Un novio ahí…

—No se puede tomar todo a la tremenda —dijo David, pausado y calmoso—. Yo le hablaré. Esta noche tengo una cita con ella. Debisteis hablarnos antes.

—Hace una semana que estamos peleando con Marcela, pero ella ya tomó el apartamento alquilado y lo está preparando para mudarse. Lo hará mañana.

Gonzalo Juncale se volvió hacia su hijo.

—¿Lo sabías tú?

—No.

—¿No te lo ha dicho?

—No la he visto desde hace dos semanas. Que si las guardias, que si esto y que si aquello. En realidad hace tiempo que las cosas entre los dos no funcionan bien, pero —aseveró, viendo la cara de los tres, alarmada— no es cosa mía. Es de Marcela. Desde que empezó a trabajar, todo son excusas. Los mismos amigos de siempre están desconcertados. Marcela antes se divertía mucho; ahora parece siempre atontada.

—De todos modos —gritó Gonzalo, algo despavorido—, eso de vivir sola es una atrocidad. Y yo no estoy de acuerdo.

—Ni yo —dijo David—. Tenemos un compromiso concertado. Unas relaciones de cuatro años. No creo que me deje en muy buen lugar lo que está haciendo. Se lleva mucho eso de vivir solas las chicas, pero no en mi ambiente. Es en otros distintos.

—Pues arréglate con ella, David —dijo María, cansada—. Nosotros ya lo hemos intentado todo, y como no deseamos perderla, hemos de darle la tregua de un año, que fue lo que nos pidió.

—Mira, María, a mí eso no me gusta absolutamente nada. Repito que nos deja a todos en muy mal lugar, el peor a David.

David hizo un gesto de cansancio.

—Esta noche hablaré con ella. Tiene la guardia por la mañana. Nos veremos a la noche, en la ciudad. Quedamos en reunimos a las siete —hizo un gesto vago—. Seguro que cuando le hable se le pasa esa manía.

—Dios te oiga, David.

—No en vano llevamos de novios cuatro años —añadió David con acento enfático—. La convenceré.

Pero María y su marido lo dudaban.

No obstante, aún les cabía una esperanza. Que se frustró pronto.

Esa misma noche, Marcela llegó a casa a las diez, pero cuando le preguntaron qué habían hablado ella y David, la joven se llevó las manos a la cabeza.

—¡Cielos! —exclamó—, me olvidé de él.

—¿Que te olvidaste?

—Pues sí. Estuve con un amigo dando los últimos toques al apartamento. Es un chico estupendo, médico y compañero, que se llama Lucas; es brasileño. Hablamos mucho. Un día os lo traeré para que le conozcáis.

—¿Y David, qué?

—¿Cómo que... qué?

—Si estabas citada con él... y dices que no has acudido a la cita.

—Vendrá él por aquí —dijo, indiferente—. Al ver que no acudo pensará que se me ha olvidado, que es lo que realmente ocurrió —y sin transición—. ¿Ya saben lo de mi traslado? Les habrá sentado como un tiro. Porque tú, papá, y tú, mamá, sois aún jóvenes, pero el carcamal de Gonzalo... no podrá comprender jamás cómo funciona hoy la juventud.

—Tampoco nosotros lo entendemos, aunque cedamos, Marcela.

—Gracias, papá.

Y con las mismas, se fue a su alcoba.

Casi en seguida llegó David, sofocado.

—Marcela no acudió a la cita —dijo, enfadadísimo.

—Se olvidó —replicó la madre, desolada—. Está en casa. La mandaré llamar.

5

Marcela acudió en seguida. David le salió al encuentro, la asió de un codo y salieron juntos.

—Lo que me han dicho está fuera de toda lógica. De modo que explícate.

—No te han engañado, ni han exagerado nada. Mañana me instalo en mi nuevo apartamento, y por un año tú y yo dejaremos de tener relaciones.

—¿Qué?

—Un año. Si antes me doy cuenta, tendré la humildad de venir y decirte que me he equivocado.

—Suponiendo que yo te espere.

—Suponiendo, sí.

—Marcela, ¿a ti qué te pasa?

Ojalá lo supiera ella.

¿Su amistad con Lucas?

Era un tipo formidable. Con él se entendía a las mil maravillas, pero en modo alguno le amaba ni le deseaba, ni le pasaba por la mente que un día pudiera ser su novia o su mujer. Ni pensándolo, lo aceptaba.

Las cosas vinieron por sí solas. Paulatinamente además, nada de súbito. Un día se sintió cansada de la pandilla; otro, le pareció absurda la conversación frívola que sostenían; las más se sentía como ida y fuera de aquel ambiente. ¡Su ambiente! Un ambiente, dígase así, que palpó y vivió toda la vida.

—Mira —dijo, avanzando por el jardín y yendo a sentarse en un banco de madera situado bajo un farol, no lejos de la piscina—, no lo sé. Con dudas, no me voy a casar. Cuando empecé contigo te quería de verdad. Estaba muy enamorada. Eso lo sabes perfectamente —miró al frente y puso las manos juntas entre las rodillas, apretando éstas—. Pero se va madurando, se va reflexionando, y el amor también se acaba. ¿No? Si se acaba en los casados, ¿por qué no ha de acabarse en los solteros? Me parecería demencial, por mi parte, unirme a ti o continuar algo que está fuera de toda lógica humana.

David se había sentado junto a ella. Era un tipo delgado, bastante alto y muy atractivo. Tenía el pelo castaño, y los ojos azules. Era deportista, y siempre tenía la piel curtida de andar por la finca a caballo o tumbarse al sol junto a la piscina. Era un tipo que gustaba a las jóvenes. Además no era engreído. Ni presumía de hijo rico, heredero de una gran fortuna.

No podía, pues, ponerle peros. Pero... ella se sentía a su lado como lejana, como perdida en una total confusión, y, lo que es peor, ni se le pasaba por la mente hacer el amor con David. Sentía que todo se le respingaba de repugnancia.

—Oye, Marcela, hay que ser consecuentes. Yo te amo. Y te amo como el primer día que empezamos a tontear. Más, porque concebía idea de que fueras mi mujer, y aún no he renunciado. ¿Entiendes?

—Y me duele. Hubiera preferido que sintieras tanta pasividad como yo. Dime —le miraba de frente y sus ojos melados brillaban casi retadores—, ¿te gustaría que me casara contigo por mantener mi palabra, por unir las fincas de nuestros padres, por el qué dirán? Te engañaría en seguida, David. Y te engañaría, porque, si fuese capaz de casarme contigo sin amarte, tampoco tendría escrúpulos para engañarte. Te estoy hablando con toda la sinceridad y crudeza del mundo. Me gustaría que lo aceptases así.

—Si de algo presumía yo —dijo David, humillado— era de tener una novia enamorada de mí.

—Y lo estuve. Pero no lo estoy. Quizá en mi soledad entienda que fue una temporada de misticismo, de confusión. Te aseguro que, si eso ocurre y me doy cuenta de que te necesito, no dudaré en venir a decírtelo.

—Pero eso no es un consuelo. ¿Qué pensarán todos?

—La verdad, si eres sincero y sabes afrontar la realidad. Lo hemos dejado por un tiempo. No somos los primeros, ni seremos los últimos.

Se puso en pie.

—Somos demasiado vecinos —añadió Marcela con firmeza— y tendremos que vernos, pero ya en otro plan.

—El hecho de haber tenido relaciones... íntimas conmigo ¿no te frena en absoluto?

—Nada. Te quería en esos momentos. Desde el instante en que empezaron las dudas, se acabaron aquellas relaciones. El que una pareja enamorada disfrute junta, le doy la importancia que tiene en realidad. Que se querían. El amor todo lo disculpa y lo comprende.

—No tienes complejos de ningún tipo.

—En absoluto.

—Será que yo estoy más chapado a la antigua, Marcela. Nunca me casaría con una joven que fue antes cuatro años novia de otro.

Marcela le miró sin asombro. En ese sentido, consideraba a David un total reaccionario, como sus padres.

—Quizá en eso estriba mi duda, David. En que somos diferentes.

Caminaba ya. David se apresuró a ir a su lado.

—Oye, ¿no hay más que decir? ¿Esa tregua o nada?

—Esa tregua o nada.

—De acuerdo. Pero atente a las consecuencias. Quiero decirte que yo haré mi vida como si fuera totalmente libre.

—Yo haré lo mismo.

* * *

—¿Y después?

—Nada. O sí, sí. Entró en casa. Él se fue, y Marcela se enfrentó por última vez a sus padres. Les dijo que David no lo entendía, pero tenía que asumirlo. Ellos se quedaron anonadados, porque aún les cabía la esperanza de que la convenciera David. Y no se daban cuenta de que precisamente el despego que sentía hacia él es lo que inició su deseo de vivir sola.

Se hallaban en la cafetería.

Tenían la guardia de la tarde, hasta las siete, en que salían. Ese día, ella, por la mañana, en su auto «cuatro plazas» había llevado todas sus cosas al apartamento. Ya lo tenía todo colocado. Libros, películas para el vídeo, televisor, ropas y demás objetos personales. El apartamento había quedado bonito. Muchas plantas, puffs en el salón, la estantería llena de libros, una mesa de ruedas haciendo de bar.

Al despedirse de sus padres le dolió. No le iban a disculpar nunca, pero tampoco se lo dirían. Y estaba segura de que jamás irían a conocer su refugio.

—Pero yo —añadió Marcela a sus pensamientos— iré cuando tenga el día libre. Me encanta bañarme, dar paseos a caballo por la campiña. De momento les está sentando como un tiro, pero lo irán asimilando poco a poco.

—Tú les quieres, ¿verdad?

—Muchísimo, pero sus ideas no coinciden con las mías. Creo que tengo derecho a vivir según mis propios criterios.

—Todo el derecho del mundo, siempre que no sientas nostalgia de su compañía y su cariño.

—Seré sincera y humilde, si eso ocurre —dijo Marcela con honestidad—. Si les echo de menos, si me siento desplazada, si por la razón que sea aprecio mi equivocación, la confesaré.

—¿Y David?

—Menos. Lo confesaría también, pero no me veo —movió la cabeza de un lado a otro— casada con él. El encanto ha pasado.

—¿No temes que David hable de vuestras intimidades con sus amigos, tus amigas?

—Lo considero honrado y caballero. Pero si hiciera eso me sentiría muy decepcionada y muy desilusionada.

La vida en solitario para Marcela empezó a ser en principio muy distinta. No sabía calificar si peor o mejor que la otra. Pero diferente, y se adaptaba con dificultad. Eso de tenerlo todo servido, a tener que servirse ella sola y hacerse su comida resultaba molesto. A veces iba a casa de Lucas y le decía desalentada:

—Lucas, que mi paciencia toca a su fin.

—Pues vuelve —decía él quedamente—. Vuelve. Baja la cabeza y di que te has equivocado. No hay nada más bello en el mundo que rectificar. Que ser valiente y afrontar la realidad de uno mismo.

—Son cosas pequeñas las que me atosigan. Por las grandes me siento realizada.

—Pues espera que las grandes te ahoguen, Marcela, que las pequeñas se superan siempre.

6

Conociendo mejor a Lucas, empezó a notar vacilaciones, lagunas.

Y es que una cosa era el médico en el hospital y unas charlas triviales en los pasillos los despachos, y otra la casa, verlo moverse en ella.

Subía muchas veces. Más de las que Lucas bajaba a la suya.

Se fue dando cuenta de la discreción de Lucas, de su alejamiento anímico, espiritual. Físico no, porque por una u otra causa tenían mucha comunicación. En el hospital por coincidir mucho. A los seis meses, él era ya jefe de equipo, y ella su enfermera. En los retornos, cuando tenían la guardia juntos, y casi siempre ocurría por haberla elegido él como enfermera personal al ascender. Lucas, al fin, se había comprado un auto de segunda mano. Ella casi nunca sacaba el suyo del garaje que había en los sótanos del edificio. Pero, anímicamente, Lucas tenía una vida interior muy alejada de la suya. No por ser diferente, sino porque él no se daba, no se entregaba.

Era un gran amigo, un gran consejero, un hombre que parecía estar de vuelta de todo, pero rara vez hablaba de sí mismo. Si lo hacía se limitaba siempre a su padre, a su infancia solitaria, a un colegio, a la facultad después en Madrid.

Nunca salía de aquello.

Un día ella le preguntó:

—¿No has tenido novia nunca, Lucas?

—¿Novia? No, no. Es sufrir.

—¿Sufrir? También es gozar, ¿no?

—Sí, pero es que yo no me voy a casar.

—¿Que no te vas a casar?

Él reía.

Era lo que tenía. Su risa luminosa, porque siendo tan moreno, de facciones algo duras, al sonreír, los blancos dientes relucían en su cara y hasta los ojos se le iluminaban.

—No pienso hacerlo —añadió, sin dejar de sonreír, algo enigmático—. Son cosas personales.

—¿Un desengaño?

—Claro que no.

Y rápidamente cambiaba de conversación.

Así se fue dando cuenta de que Lucas no se daba, no se entregaba a una amistad. Ella era más diáfana, más clara, nada retraída.

Lucas, en cambio, conversaba sobre todo, menos de sí mismo. De sus aficiones, de sus deseos, de sus hobbies.

* * *

Una tarde, estando Lucas en su casa, cosa que no era corriente, su madre la llamó por teléfono. Lucas, distraído, fumando y tomando un whisky, oyó toda la conversación.

—Hace dos semanas que no vienes, Marcela.

—Lo sé. Mucho trabajo, cansancio, poco tiempo disponible.

—Mañana es domingo. Te esperamos.

Ella miró a Lucas, sentado muy cerca.

—¿Mamá, puedo llevar a un compañero médico, que es muy amigo mío?

—Si es tu gusto.

—Lo es.

—Pues tráelo, pero vente tú, ¿eh? Tu padre y yo estamos muy desolados sin ti.

—Mañana tengo libre, y mi amigo Lucas también. Te prometo que iremos a almorzar.

—Os espero.

Colgó y miró a Lucas, que tenía levantada una ceja:

—Vendrás, ¿no?

—No debo ir, Marcela. No creo que a tu padre le guste conocer a un tipo de otra raza como yo.

—¿Por qué de otra raza? No se te nota ni en el acento.

—Pero mis facciones son peculiares.

—¿Y qué tiene eso que ver?

—Puede tenerlo. Quizá cuando sepan que vivo en el mismo edificio que tú… —sonrió—. Yo no tengo prejuicios de nada, pero tus padres los tienen; tú lo sabes.

—Eres mi amigo.

Lucas pensó muchas cosas.

Nunca decía ninguna de las que pensaba.

Pero sí que se sabía en un callejón sin muchas salidas.

¿Y si pidiera el traslado a Madrid?

Quizá se lo concediesen.

—Evidentemente, sí que soy tu amigo.

—Mañana les conocerás. No pienses que son tan reaccionarios como yo los pinto. Al fin y al cabo, aunque nunca hayan venido a mi casa, en los momentos que alguien dijo algo sobre mí, salieron en mi defensa.

—Es lo menos que pueden hacer los padres, ¿no te parece? Además, pueden pensar de ti lo que gusten, pero nadie mejor que tu conciencia para saber de ti misma.

—Después de seis meses, ya se acepta que viva como vivo, pero al principio, en nuestro ambiente, mi decisión cayó como un bombazo.

—¿Y David?

—¿David?

—¿No has vuelto a verle?

—No. Es decir, sí, de lejos. En su finca, desde la de mis padres. En la calle, cuando paso con el auto. No he vuelto a hablar con él.

—¿Ha sido discreto, Marcela?

Ella se tensó.

—¿Por qué lo dices?

—Por ti.

—Me tiene sin cuidado lo que haya dicho.

—Pero tus ideas sobre él siguen siendo confusas.

—Mucho.

—No has decidido nada en definitiva.

—Nada.

Y de repente exclamó:

—¿Sabes que tú siempre quieres saberlo todo de todo el mundo, pero yo de ti, sé muy poco?

—No tengo nada que contar, Marcela.

—A tu edad siempre se tiene algo que contar. Además, me has dicho que no te casarás nunca. ¿Hay una causa para que pienses así, tan decidido?

Veía a Lucas en mangas de camisa y con pantalón blanco y playeras. No parecía el médico serio, siempre carismático, del hospital, en el cual se movía sin esbozar una sonrisa, aunque con ella lo hiciera.

Vestido así y en su tarde libre, más parecía un deportista.

Era tan moreno que nada más pasaba el sol por su cara, se le ponía cetrina. Y cetrina la tenía en aquellos instantes, resaltando en el color blanco de su indumentaria.

Se hallaba repantigado en un butacón y removía el ancho vaso que tenía entre los dedos. Unos dedos, pensaba Marcela, personales, delgados, casi negros.

Unos dedos viriles, en verdad.

—En realidad —dijo Lucas, como si nada oyera de sus comentarios—, me encanta montar a caballo. Mi padre se ganó la vida siempre de capataz en una hacienda inmensa. Allí está enterrado.

—¿Nunca has vuelto, Lucas?

—No —movió la cabeza con lentitud—. Nunca tuve esa necesidad. Muerto él, me sentí español. Me integré totalmente en este ambiente. Cambiarlo no me apeteció. Tal vez un día lo haga, pero no me veo en el Brasil.

—¿No eres algo escéptico, Lucas?

Él volvió a sonreír.

—Es posible. No sé. Nunca me analizo.

—¿Porque no tienes necesidad o porque prefieres no hacerlo?

—No estoy seguro. A veces porque no tengo necesidad, y otras porque me aburre hacerlo. Me acepto como soy.

—¿Y cómo eres, Lucas?

Era la primera vez que Marcela intentaba ahondar. Porque en otras ocasiones sólo rozó un poco su propia curiosidad.

—Como me ves.

—¿Estás seguro?

Claro que no.

Pero…

—O te aceptas o no te aceptas —sonrió él intimista—, y yo me acepto.

—¿Con defectos y virtudes?

—No sería humano si sólo considerara mis virtudes.

Bebió.

El vaso quedó vacío.

Él se levantó.

Marcela se percataba de que siempre que iban a hablar de cosas íntimas referentes a él, o se despedía o cambiaba la conversación con habilidad.

Aquella tarde Marcela le dijo:

—¿Huyes de algo que no te gusta de ti mismo, Lucas?

Él la miró cegador.

—¿Y quién no huye alguna vez, Marcela?

—De cosas concretas, bien sabidas, bien palpadas, me refiero.

—A veces. Todos somos humanos, todos nos reconocemos —y sin transición—. Te veré mañana, ¿verdad?

—¿Es que te vas?

—Me gusta leer, ver la televisión, entretenerme.

—¿A solas?

—A veces.

—Mañana, a las doce, si estás de acuerdo…

—No lo estoy, Marcela.

Ella se asombró.

—¿Que no estás de acuerdo en venir a almorzar a casa de mis padres?

—No.

—Pero… ¿por qué razón?

—¿Te la tengo que decir?

—No te comprendo.

—Es mejor.

Y se dirigió a la puerta.

—Lucas, ¿qué te pasa? De repente te desconozco.

—Yo pensé que era más fuerte, Marcela.

—Sigo sin entenderte.

—Es mejor. Buenas noches.

Se fue.
Oyó el ruido de la puerta.
¡Oh, no, así no!
Su amistad con Lucas era demasiado hermosa.
No estaba dispuesta a perderla de una forma tan estúpida.

7

Lucas no esperaba verla allí.

A veces una vecina, modelo de profesión, pasaba a su casa. O llamaba a su puerta con cualquier pretexto.

Pero Marcela…

—¿Ocurre algo, Marcela?

—Eso te pregunto.

Y entró.

Lucas parecía rígido junto a la puerta, una puerta que, ya dentro Marcela, cerró con seco golpe.

—Lucas, ¿qué nos pasa a los dos?

—No sé, Marcela; a mí, nada —mintió lo de todos los días—. Tú dirás lo que te pasa a ti, si lo sabes.

—Desde que vivimos en el mismo edificio, con una sola planta por medio, estamos más separados. En el hospital somos los mismos; pero aquí, en mi casa…

Él se giró y se adentró en el salón que hacía de sala de estar, de lectura y de comedor.

Como el de ella.

Sólo que el de Lucas era más frío, más austero, más como era él.

¿Por qué le interesaba tanto a ella la forma de ser cambiante de Lucas?

Es que en seis meses las cosas habían cambiado mucho. En varios sentidos, además.

Lucas era menos parlanchín, cortaba las conversaciones intimistas en cualquier instante, se apreciaba en él cierta lejanía anímica que molestaba. Y es que Marcela se había habituado a tenerlo como amigo, como confidente, como compañero.

Se quedó erguida mirándole, escrutándole. Evidentemente era muy atractiva. Su silueta se recortaba entre el pequeño vestíbulo y el salón, apoyándose contra el marco que separaba ambas piezas.

Su pantalón rojo de fina pana, su camisa holgada, blanca, donde los túrgidos y menudos senos se erguían algo palpitantes. Su cuello largo y sus cabellos rubios naturales, sedosos y bastante largos. Morena de piel, de tomar el sol, los melados ojos tenían un brillo raro. Lucas pensaba que era muy femenina y muy mujer, pese a su poca edad.

Y pensaba muchas cosas más que no iba a decir. Había situaciones difíciles, y Lucas tenía una idea clara de que la suya lo era en cuanto a Marcela.

Aunque bien entendía que, para ella, él empezaba a ser un tipo enigmático y lejano.

—No te quedes ahí, Marcela —dijo pasivo—. Será mejor que te sientes.

—Te has ido de mi apartamento de una forma brusca, como si la amistad que nos une, para ti no tuviera ninguna importancia —avanzó hasta dejarse caer en un sillón, aferrándose a los brazos de éste con ambas manos—. Para mí, es importante tu amistad, Lucas. Sumamente importante.

—También es peligrosa —dijo Lucas, sentándose enfrente de ella—. Al fin y al cabo, somos un hombre y una mujer. Los dos jóvenes, los dos sanos... los dos apasionados, aunque no queramos reconocerlo.

—Yo siempre te vi como un amigo entrañable —dijo Marcela, desconcertada—. Es más, desde el día que te conocí, sentí hacia ti un gran afecto. Conozco a mucha gente, muchos médicos del hospital, muchos otros chicos. Pero nunca sentí hacia ellos confianza alguna. Nunca se me ocurrió contarles mis preocupaciones, o mis inquietudes, o mis intimidades.

—Bueno, será que exageramos un poco las cosas —adujo Lucas con lentitud, mirando obstinado los dedos que cruzaba entre sus dos piernas abiertas, apoyando los antebrazos en los muslos—. Yo no me siento incómodo a tu lado, Marcela. Sólo que a veces te miro y me siento algo menguado. Son cosas de hombres. Las mujeres sois más tranquilas, más sosegadas. No porque un hombre sea atractivo os gusta ya, ni lo deseáis, ni cosas así. Los hombres... —se pasó la mano por el pelo con impaciencia— en esas cuestiones somos diferentes.

De repente se levantaba.

—Lucas —se asombró Marcela—, ¿me estás diciendo que a mi lado te sientes incómodo?

—No, no es eso —seguía erguido, de espaldas a ella—. Tal vez es que la confianza entre dos personas de distinto sexo, tarde o temprano termina, o se afianza en un plano sentimental.

Marcela se levantó de un salto.

Se precipitó hacia Lucas y se le puso delante.

—Lucas, ¿es que tú me deseas, me amas, o te gusto, o qué te pasa?

El sonrió haciendo un esfuerzo.

—Eres muy bonita —dijo, ya apacible— y callas... Yo no quiero... no quiero sufrir por amor, por deseo. Por nada de esas cosas que hacen la vida difícil. Me lo he propuesto.

—¿Te has propuesto qué?

—No sufrir.

—¿Tanto te ha dañado una mujer?

—No, no. Nunca. Jamás he pensado en el futuro amoroso en serio —se separó de ella y se sentó de nuevo en el sillón que momentos antes había dejado bruscamente—. Es mejor que te marches, Marcela. Te lo ruego. Es tarde y... y...

* * *

Marcela no se iba.

Pensaba que estaba desconociendo a Lucas en aquella faceta. Y pensaba también que le inquietaba cuanto veladamente estaba diciendo.

¿Qué significaba aquello?

¿Que Lucas se había enamorado de ella?

Se turbó tanto que hubo de asirse al marco de la puerta y se quedó allí, apoyada de forma deslavazada, como desconcertada al máximo.

—Lucas —dijo quedamente—, ¿qué cosa te ha pasado a ti en la vida para que sientas y pienses así?

Él, que tenía la cabeza algo caída sobre el pecho, la alzó con presteza. Sus negros ojos tenían en el fondo una gran melancolía.

—Por amor, a mí no me ha pasado nada —murmuró—. Nunca. Te lo juro, además. Siempre he procurado no complicarme la vida en ese sentido. He tenido chicas con las cuales he salido y me he acostado. Sería del género tonto suponer que no lo hiciera. Además empecé muy joven a conocer el camino de eso que llaman amor. No lo he sentido, pero sí que lo he hecho. He procurado siempre poner el cuerpo y el cerebro, pero no el sentimiento. Huyo de los sufrimientos, de las inquietudes... de todo lo que pueda convertirse para mí en una preocupación sentimental.

Marcela había ido avanzando hasta caer de nuevo sentada enfrente de él.

Encendió un cigarrillo y fumó aprisa.

—¿Por qué, Lucas? Tendrás un motivo, ¿no? Nunca se huye de algo sin un motivo. Y si no has amado, tampoco puedes saber lo que significa el sufrimiento.

Él meneó la cabeza.

No se parecía en nada al carismático doctor que se movía por los pasillos, los despachos o los quirófanos del hospital. Se diría que en aquel instante era un tipo desarmado, desarbolado, sin saber bien qué responder.

—Un sufrimiento por amor a una mujer será como otro sufrimiento cualquiera. Yo conozco el sufrimiento de la soledad, de muchas otras cosas.

—¿Tú me amas a mí, Lucas?

La pregunta era directa.

Lucas replicó sinceramente:

—No lo sé. Antes, cuando me contabas tus cosas, me agradaba. Te orientaba, si podía. Éramos grandes amigos. Ahora lo seguimos siendo, pero es diferente, y lo peor es que me confunde analizar la diferencia. Pienso que he nacido noble y que me gusta seguir siendo noble. No te puedo mentir.

—Pero silencias lo que te aflige.

No era fácil expresarse.

Tampoco sabía si deseaba a Marcela o si la amaba. Pero sí sabía que tenía miedo de amarla y desearla demasiado.

—Lucas, ¿qué cosa te aflige tanto? ¿Mi proximidad? ¿Te perturba esa proximidad? ¿Esa soledad que, al fin y al cabo, entre tanta gente, nos rodea?

—No. No es eso. Son cosas que ni yo mismo entiendo. Pienso que no te amo, Marcela, pero sí que te aprecio mucho. Nos entendemos bien como amigos, pero ya te digo que tengo la convicción de que la amistad entre sexos diferentes, un día u otro se convierte en algo más profundo.

—Y es eso lo que no deseas —dijo ella sin preguntar.

—Algo así.

—¿Y por qué?

La miró de frente.

—¿Es que te interesa a ti?

Marcela sacudió la cabeza nerviosamente.

Miró al fondo del piso.

—No lo sé, Lucas. No lo sé. Me pregunto ahora si dejé mi casa, a mi novio, por ti. Y te juro que no lo sé. Sé, en cambio, que me agrada en extremo nuestra intimidad afectiva, saber que estás aquí, que te tengo siempre cerca. Que puedo conversar contigo libremente, sin medir las palabras. Que te lo puedo contar todo, sin temor a ser mal interpretada. Si eso es amor, entonces será que estoy enamorada de ti. Pero no me hago a esa idea. No soy capaz de verme en tus brazos, ya ves.

—Entonces no me amas —dijo él, como si de súbito le regalaran algo importante.

Marcela fijó en él su mirada melada y desconcertada.

—¿Eso te alegra?

—Me tranquiliza.

—No te entiendo en absoluto, Lucas. Otro hombre se sentiría halagado de ser amado.

—Por una chica como tú, que jamás será suya, no, Marcela.

—¿Y eso qué significa?

—Ya te lo he dicho. No pienso casarme nunca, ni vivir amancebado, ni tener una compañera fija.

—¿Y por qué? Eres joven. No creo que hayas cumplido los veintisiete. Tienes una carrera brillante, un porvenir seguro. Eres emotivo y sensible. Eres, además, un compañero ideal, honrado y honesto, cabal. Reflexivo y realista. ¿A qué fin esa decisión tomada de antemano, cuando ignoras de la vida lo que ésta te puede deparar en cuanto a tu futuro sentimental? Antes te entendía bien; ahora, nada. ¿Por qué, Lucas? ¿Te has propuesto desconcertarme?

—En modo alguno.

—Pues te aseguro que me estás desconcertando.

¿Y si se lo dijera?

Quizá así creciese la amistad y se desterrase para siempre un posible idilio. Pero no se sentía con fuerzas ni con agallas.

Además, si fuera otra persona, quizá la cortejara, quizá la poseyera, quizá... tuviera con ella un romance más o menos corto.

Pero con Marcela...

La estimaba demasiado.

La veía sensible, emotiva, afectuosa, llena de valores morales.

Sacudió la cabeza, como si con la sacudida ahuyentara el deseo de ser sincero, de desnudarse el alma, de contarle su pesadilla.

Se levantó.

—Bueno, es muy tarde, Marcela. Es mejor que te marches.

Y la asió por un codo.

Intentaba levantarla.

—Vamos, Marcela. Y no me mires así. No merece la pena. No he dicho ninguna barbaridad. Olvidemos este pequeño lío de palabras, y mañana será otro día.

La levantó y sin soltarle el brazo la acompañó hasta la puerta.

8

Y fue allí, en un raro movimiento, cuando se quedaron, con la cara casi junta.

Ella, por alzarla, y él, por inclinar la suya para decirle buenas noches.

Hubo un raro destello.

Un movimiento de labios confuso.

Lucas jamás sabría decir cómo fue. Ni por qué fue.

Pero el caso es que estaba siendo.

Sin soltar el brazo de ella, que aún sujetaba, sus labios se pegaron a la boca de Marcela. La besó largamente. Una sola vez, como si en ello fuera toda su fuerza, toda su contenida ansiedad, su deseo frenado.

Marcela se estremeció.

Jamás hombre alguno la había besado así. También es cierto que no conocía a ningún hombre que la hubiese besado, salvo David. Y el beso de Lucas no se parecía en nada a los besos de David.

Sentía que la sangre le subía por el cuerpo como si la abrasara, y se le metía en las piernas a borbotones. Algo le agitaba el pecho, y un loco palpitar le sacudía los pulsos.

Jamás en toda su vida sintió ella tales sensaciones, tales agitaciones. No supo cuándo abrió los labios y cuándo su pecho se pegó instintivamente al de Lucas.

Fue entonces cuando él la soltó.

No le miró a los ojos en seguida.

Pero sí dijo roncamente:

—¿Te das cuenta de cómo un hombre y una mujer no pueden estar juntos sin sentir estas necesidades?

La empujó blandamente.

Pero Marcela se desprendió y se quedó pegada a la puerta con las manos tras la espalda.

No había rabia en sus ojos, ni ira en la crispación de sus labios.

Pero sí había un interrogante.

Era peor, pensaba Lucas, que la sabía tan lejana y tan ausente, por cerca de él que estuviera.

—Lucas... es la primera vez que me sentí sofocada —dijo ella con voz temblorosa—. La primera vez que deseé muchas cosas juntas —su voz se apagaba—. No sé si es amor, si es deseo, o si no es nada, Lucas. David me emocionó muchas veces, pero a una edad en que las emociones son fáciles de despertar. Cuando maduré me sentí lejana, como si hubiera vivido una barbaridad y el hastío me confundiera. No era por haber vivido, Lucas. Era porque David ya no decía nada a mis sentimientos.

—Cállate, Marcela.

—¿Por qué? ¿Hay algo más bello que ser sincero?

—Hay sinceridades que uno prefiere ignorar.

—¿La mía, Lucas?

—La de los dos.

—Sin embargo, tú sabes que la proximidad de ambos de ahora, en adelante, será difícil. A menos que nos aceptemos como somos.

—¿Y cómo somos, Marcela?

—Acabamos de demostrarlo. Ni el pudor me haría callar algo que está vivo y palpitante y que acabo de descubrir.

Lucas intentó separarla de la puerta, para abrirla. Pero Marcela se mantuvo firme.

—No debiste besarme —dijo ella de una forma intimista—. Ha sido peligroso, Lucas. Ya sé que no intentas apurar una amistad, que nada de sucio te empuja a ello. Tú eres un hombre leal.

—Soy un hombre simplemente —dijo él, casi gritando—. ¿Por qué he de diferenciarme de los demás?

—¿Es que pretendes que te odie, Lucas?

—Vete, Marcela. Es peligroso esto. Tienes razón, es muy peligroso. Se juega con fuego, y uno sale escaldado. Hay que ser consecuentes. Nos hemos besado, nos ha gustado a los dos, pero es todo muy pasajero. Muy por encima de sentimientos profundos. Muy instintivo.

—No hay nada instintivo; tú lo sabes, Lucas.

—¿Quieres irte de una vez?

—¿Tus escrúpulos te llevan a tanto, Lucas, o es que te temes, me temes a mí, que sigues pensando que no te vas a casar jamás?

La separó de la puerta con cierta precipitación y abrió ésta.

—Vete, Marcela. Sé buena chica.

—¿Y si te dijera que me quiero quedar?

—¡Marcela!

—¿Por qué no?

—¡Marcela!

—Me has perturbado, Lucas. No debiste besarme. Has despertado algo que estaba amodorrado y que yo misma ignoraba que existía. Es muy lamentable que nuestra preciosa amistad termine de esta manera.

—Marcela, sé razonable. Un beso más o menos...

—No digas eso —le acalló con su voz tensa—, no ha sido un beso más o menos. Ha sido algo revelador; tú lo sabes perfectamente. Yo no sé si me amas o si me deseas. Pero sí sé diferenciar un beso que se siente de otro que se da sólo por acallar ansiedades desconocidas. Lo he vivido yo. Lo he vivido con David, y te diré más —ella misma cerró la puerta y volvió a apoyarse en ella, sin que Lucas pudiera evitarlo—. Tengo pudor y escrúpulos. Evidentemente no soy nada física. Lo físico, para mí, va emparejado con los sentimientos, porque cuando empecé a sentir desvío hacia David, no toleré, ¡no pude!, sus besos ni sus caricias. La intimidad se cortó ahí mismo.

—Marcela, no analicemos una situación que se desvió por unos segundos.

—¿Quién de los dos la desvió, Lucas?

—Los dos, los dos. Yo, por instinto. Tú, por tolerarme.

—Estamos destruyendo con nuestras palabras algo precioso, Lucas. ¿Por qué hemos de huir de un sentimiento si éste nos atrapa? Porque hasta ahora todo fue amistad. O quizá algo más fuerte, encubierto. ¿De ahora en adelante nos vamos a mirar con recelo? ¿Es que nuestra franqueza ya no existe?

—Escucha —y la voz de Lucas era persuasiva, mientras la sujetaba de un brazo—. Escucha bien. Tengo motivos más que poderosos para no aceptar cuestiones sentimentales. No me mires así. No hay otra mujer, no hay ningún amor, no existe pasado borrascoso o censurable en mi persona. Pero hay cosas que saltan a la vista. Tu situación económica y social. Tu calidad de heredera de una gran fortuna. Yo no soy ningún oportunista, ni ningún cazadotes. Y para evitar mayores males, vamos a ser razonables. Nos hemos besado. Te he besado yo y me has besado tú. Nos ha gustado hacerlo, quizá lo hayamos sentido. Por favor, déjame continuar. Pero aquí se acabó, Marcela. Nos separa un mundo, una situación, un sinfín de cosas muy significativas.

* * *

La soltó y le dio la espalda. Con las manos en los bolsillos del pantalón, como si se calara los pantalones, se fue hacia el medio del salón. Marcela avanzó también con lentitud.

—¿Eso es todo, Lucas? ¿Todo eso que tú dices, es lo que nos separa?

Él se giró.

Se quedó erguido enfrente de ella.

—Eso, y que nos estamos equivocando. Estamos destruyendo una preciosa amistad por algo que no tiene consistencia. O somos realistas, o somos dos muñecos que van y vienen y que se agitan según las marejadas de la vida. No soy tan escrupuloso como tú supones, Marcela. Ni tengo prejuicios de ningún tipo.

—Pero estás siendo contradictorio. Porque, si no tienes escrúpulos ni prejuicios, ¿a qué fin sacas a relucir ahora mi situación económico-social y la tuya?

—¿Es que no has entendido aún que no quiero enamorarme de ti?

—¿Por mi situación de rica heredera?

—Por muchas razones. Te aprecio, pero no me da la gana confundirte. Esto que nos ocurre pasará, se olvidará. Es tan fácil olvidar... —hizo una pausa, que Marcela no interrumpió, porque a cada momento que transcurría lo entendía menos—. Tu casta, tu casa, tu responsabilidad en dar herederos a tu nombre. Yo no sería un buen marido. Ni estoy seguro de quererlo ser. Como amante o como pareja ocasional no te quiero tomar. Arriesgo demasiado.

—Yo me he ofrecido a ti, Lucas. Me parece que estás destruyendo algo precioso.

—Te lo decía antes.

—Pero yo lo estoy calibrando en otro sentido.

Él se pasó los dedos por el pelo.

—Me siento tan pequeño en este instante —confesó— que me da hasta vergüenza. Me obligas a decir cosas. Divago. No sé ni por dónde entro ni por dónde salgo. No soy tu futuro más idóneo, Marcela. Eso es todo.

—¿Y no seré más bien yo quien tenga que decir si lo eres o no lo eres?

—Estamos siendo sinceros, ¿no?

—No, Lucas, no. Te entendía cuando eras mi amigo y mi confidente. Te entendía bien. Pero ahora...

—Ahora es que estamos complicando las cosas. Si no hubieras subido, todo se quedaría así, en una conversación sin terminar. Pero has subido. ¿Por qué, Marcela?

—¿Y me preguntas eso? Yo qué sé. He subido porque tenía que subir, porque, porque sentía la sensación de perder a un amigo.

—¿Y no lo has perdido, Marcela?

—Es lo que me pregunto. Pero, si perdí un amigo y hallé un sentimiento amoroso, ¿no es mejor?

Lucas se agitó.

—Mira, sigues siendo una soñadora. Una sentimental empedernida. Yo soy la novedad. El hombre diferente. ¿Una aventura? Contigo no, Marcela. Contigo, no. No tengo seguridad ninguna en mí mismo en cuanto a amores. No me casaré. Eso lo tengo muy claro. Ni formaré una vida en común de pareja.

—Pero —se asombraba cada vez más Marcela—, ¿por qué has de saber tú lo que harás en el futuro?

—Lo tengo muy reflexionado.

—Pero habrá una causa. Y ya no te la pregunto por mí, sino por ti mismo. Dejando a un lado los sentimientos que nos puedan acercar el uno al otro, ¿qué motivos tienes tú para decidir un futuro del cual, por mucho que digas, no eres el dueño?

—Voy a ser dueño todo lo que yo quiera ser.

Y avanzando hacia ella, la asió delicadamente por el hombro y la empujó hacia la puerta.

Su gesto tierno y protector conmovió a la joven.

—Vete, Marcela, y olvidemos este cambio de palabras. No conducen a nada, y sí que pueden destruir algo precioso como es la amistad que nos une. Un beso más o menos carece de importancia. Eres una chica preciosa y yo no estoy mal. Nos gustamos un segundo, nos vimos con otros ojos y nos besamos, ¿qué importancia puede tener eso?

—Buenas noches, Lucas.

Él mismo abrió la puerta, sin soltar el hombro que aprisionaba.

—¿Estás enfadada conmigo?

—Estoy muy desconcertada. Eres un hombre difícil. Yo pensé que eras más diáfano. No me dejas quererte, ¿verdad?

—Con amor, no, Marcela. Por favor, sé razonable. Nos dañaríamos y nos destruiríamos.

—Pero, ¿por qué?

—Anda, vete, y otro día, si te apetece, continuaremos este debate que hoy por hoy no tiene sentido.

—Buenas noches, Lucas.

—Gracias, Marcela.

—¿De qué?

—Qué más da.

Y empujando a la joven hacia el pasillo, cerró y se quedó pegado a la puerta. Dos gotas de sudor le resbalaban por la frente.

Las apartó de un manotazo y algo tambaleante se dirigió al cuarto y se tendió en la cama cuan largo era.

Tenía los ojos fijos en el techo y una crispación amarga en los labios.

Su mano morena, de cuidadas uñas y largos dedos, se pasaba una y otra vez por el cabello que se le había alborotado en el debate sostenido con Marcela.

¡Marcela!

Era como un regalo, como una joya valiosa, como... una íntima fascinación.

Apretó los labios con fuerza y se quedó inmóvil. Al verlo, se pensaría que estaba muerto, o quizá fuese tan sólo que él deseaba estarlo.

9

¿No decías que venía contigo ese médico amigo?

Mientras besaba a sus padres, que la esperaban en la terraza, pensaba en cuando aquella misma mañana subió a casa de Lucas para recordarle la invitación.

—No ha podido venir —mintió—. Otro día será.

¿Por qué Lucas, en su día libre, había salido de casa tan temprano? ¿Acaso por huir de aquella invitación?

—Has adelgazado, Marcela —dijo la madre, ajena a los pensamientos de su hija—. Sin duda comes mal. ¿Has recibido lo que te enviamos por Jeremías?

—Sí, sí, mamá. Pero no te molestes tanto. No merece la pena. Hago pocas comidas en casa. Cuando tengo guardia por la noche, como en el hospital; cuando no, lo hago en una cafetería, y cuando me apetece quedarme sola, me frío dos huevos. Ya sabes lo mucho que me gustan.

Entraban todos en el salón.

Se les notaba contentos de verla, pero sumamente inquietos. Marcela sabía que aceptaban la situación porque no tenían más remedio; que entre perderla para siempre y esperar, les resultaba mejor lo último, porque, al fin y al cabo, Marcela tenía un deber que cumplir por su casta, su nombre, su rango.

—Remi está disponiendo las cosas para que nos sirvan el almuerzo —dijo la madre—. Entretanto, siéntate y cuéntame cómo es tu vida en solitario. Llevas seis meses así, Marcela. ¿No sientes ninguna nostalgia? Un deseo natural de tener cerca calor familiar.

—A veces, mamá, pero también las necesidades son buenas. Te enriquecen, te ayudan a personificarte. Te hacen más persona.

El padre meneaba el vaso de martini mientras la miraba escrutador.

—Estás ojerosa. ¿Es que no has dormido?

Nada.

Se había pasado la noche en vela pensando en Lucas, en todo cuanto habían hablado, que, a fin de cuentas, nada aclaraba o, en cambio, hacía más confusa la situación de ambos.

—He dormido —mintió—. Lo que sucede es que he pasado una semana trabajando sin descanso.

Gerardo Igualada dejó el vaso a medio vaciar sobre una consola y fue a sentarse enfrente de ambas.

—Marcela, yo ya sé —dijo quedamente— que debo esperar seis meses más para que los dos nos sentemos a hablar de nuevo. Para nosotros, estos seis meses transcurridos no han sido nada tranquilizadores. Hubo sus más y sus menos en cuanto a los comentarios. David viene a vernos con frecuencia. Él es quien trae las novedades, y como tu madre y yo salimos poco, salvo que nos lo cuenten David o su padre, no sabemos nada.

—Muchas chicas —le cortó Marcela con suavidad— toman la determinación de vivir solas. Y nadie se rasga las vestiduras. Me temo que haya sido el propio David quien despertara la curiosidad. Al fin y al cabo, es hombre, y vanidoso, y su novia le ha dejado por un deseo de encontrarse a sí misma. Pero David no dirá esto último, sino que me ha entrado la chaladura de niña caprichosa.

—David sigue esperando que recapacites, Marcela.

—Mira, mamá. Y tú, papá, oídme bien. Pase lo que pase, no volveré con David. Eso es algo que tengo muy claro. No es que yo le ponga peros a

David. Pero sí me los pongo a mí misma en cuanto a él. No le amo. Y cuando se ama a una persona y se le deja de amar, nunca se le vuelve a querer de la misma forma.

—Pero tú —dijo el padre, algo alterado— estás obligada a casarte, a tener hijos. A dar tu nombre a esta casa. No tenemos más hijos que tú, Marcela. ¿Puede uno escaparse de esa tan grande responsabilidad?

—Tengo tiempo de pensar en eso —se evadió—. Mucho tiempo. Habrá otro hombre, papá. Soy sentimental, soñadora. Me enamoraré de nuevo y de verdad. Ya verás cómo tendrás un sinfín de nietos que hereden tus posesiones.

Remi les anunció que la comida estaba servida y pasaron al comedor. La conversación versó sobre lo mismo. Ella se evadió como pudo.

Al regreso, ya anochecido, pensaba que había pasado un día entretenido, pese a todo el fardo de inquietudes e interrogantes que llevaba en su cerebro. Había montado a caballo, había recorrido la campiña en solitario, había ido hasta la cerca donde se perdían las reses bravas y se había bañado en la clara piscina de agua casi caliente por el tremendo sol que pegaba en ella todo el día, desde que salía hasta que se ponía.

Entraba de guardia a las diez, de modo que tenía el tiempo justo de ir a casa, cambiarse de ropa, subir a saber si estaba Lucas y comer algo en la cafetería antes de subir al hospital.

Pero nada se desarrolló como esperaba.

Se cambió de ropa. Se puso cómoda, unos pantalones blancos, blusa negra y un suéter del mismo tono de fina lana, atado al cuello, se calzó mocasines y así salió de su apartamento. No esperó el ascensor y en unos saltos estuvo ante la puerta del apartamento de Lucas.

¡Lucas!

¡Qué enigma era aquel hombre! De un gran amigo, se había convertido para ella en algo muy enervante. Pulsó el timbre varias veces y giró sobre sí, tomando el ascensor allí mismo, hacia el portal.

Cuando lo atravesaba vio que Lucas frenaba su auto.

* * *

En unos cuantos pasos apresurados estuvo a su lado.

—¿Escapas? —le preguntó.

Él sonrió tibiamente.

—Venía a comer algo antes de ir al hospital. Tenemos la guardia juntos.

—Lo cual no te agrada demasiado.

—Marcela, ¿tenemos la fiesta en paz?

—Fui a buscarte esta mañana, pero ya no estabas. Ahora vengo a llamar a tu puerta. El auto lo dejé en el garaje, de modo que tendré que subir contigo.

—Voy a comer algo.

—¿Y por qué no comemos algo por ahí?

—Tampoco es mala idea —descendió del automóvil—. Lo dejo aquí, y luego venimos a por él. Oye —la asió del brazo—, pero sin reticencias, sin ironías. Sin recordar para nada la divagante conversación de anoche.

—¿Crees que fue divagante, Lucas?

—Mucho. Saltamos de unas cosas a otras sin ningún sentido de la responsabilidad y la firmeza. Somos algo tontos los dos, Marcela. Algo impresionables. ¿Y sabes? Me hace gracia, porque entre el personal del hospital tienes fama de orgullosa, fría y distante. No te conocen.

Caminaban juntos.

Él vestía unos simples vaqueros, una camisa blanca de manga corta y llevaba un suéter azul colgado del cuello. Parecía un adolescente, salvo en sus ojos negros, en los que imperaba aquella melancolía; en sus facciones se apreciaba una tremenda madurez.

Era muy atractivo, delgado y ancho de hombros. Un tipo que, como solían decir las enfermeras y los médicos jóvenes, «está como un pan». Pero ella siempre le había visto con otros ojos, y era ahora cuando empezaba a verle de modo muy diferente.

—Eres de una sencillez aplastante—siguió diciendo Lucas—, y ya ves lo que opinan de ti. Quizá se deba a que saben que procedes de distinguida cuna.

Ella alzó la cara.

—¿Lo dices con ironía, Lucas?

—Claro que no. Es así, ¿no? —entraron los dos en la cafetería.

Lucas notó que Marcela se envaraba, y como aún tenía entre sus dedos el brazo femenino, la miró.

—¿Qué te ocurre?

—David... Es ése que se ríe en medio del grupo que está a la izquierda.

David ya la había divisado y avanzaba resueltamente hacia ella.

—Hola, Marcela. Tanto tiempo sin verte.

—Hola, David. Te presento a Lucas Heredia —y mirando a Lucas—. David Juncale.

—Mucho gusto —dijo Lucas.

—Encantado —dijo David.

Y dejó de prestarle atención para mirar de nuevo a Marcela.

—Oye, ¿cuándo nos vemos? Vas poco por el cortijo. Por lo visto no frecuentas los círculos sociales. ¿Cuándo se acaba el plazo, Marcela?

—Nos veremos un día cualquiera y hablaremos de eso, David.

—¿Mañana?

—Estoy de guardia.

—¿El domingo que viene, en tu casa?

—Puede que vaya.

—Te veré allí.

Sonrió, miró a Lucas de refilón y se dirigió al grupo de amigos que le esperaban.

Todos saludaron a Marcela de lejos.

—El que la acompaña es médico —dijo una de las chicas que se perdían en el grupo al cual se integraba David—. Es brasileño.

—¿Por qué lo sabes?

—Casualidades. Mi hermano estudiaba en Madrid, y en dos ocasiones en que fui a verle, me topé en su grupo a Lucas Heredia. ¿A que se llama así?

Miró a David.

—Sí, sí; se llama así.

—Mi hermano me contó algo particular referente a él, pero ahora no lo recuerdo. Sé que me asombró y me desconcertó —parecía hacer memoria—. Ya se lo preguntaré a Miguel cuando le vea. Precisamente está al venir para presentarles la novia a mis padres. Cuando sepa que Lucas está aquí...

—¿Eran muy amigos?

—Vivían en el mismo piso. Oye —con curiosidad—, ¿es el nuevo pretendiente de tu exnovia?

David se mordió los labios.

Pensaba que Miguel también era amigo suyo. Tan pronto le viera le preguntaría qué cosa peculiar le ocurría a aquel médico que, por lo visto, era muy amigo de Marcela.

¿Lo había dejado Marcela por él?

Sintió dentro de sí un odio mortal; en cambio, su sonrisa seguía siendo la plácida y amable sonrisa del David de siempre.

—Serán compañeros —dijo—. Me lo acaba de presentar.

—Es muy atractivo —dijo otra de las chicas—. Muy sexy.

David ya no miraba. Prefería estar de espaldas.

Él no había dicho a sus amigos que Marcela ya no le amaba o que dudaba de la firmeza de su amor hacia él. Había dejado correr la voz, en cambio, de que por cansancio y mutuo acuerdo, quedando amigos, habían decidido los dos dejarlo.

Nadie lo dudó. ¿A qué fin? David era muy atractivo, rico y de excelente familia.

Entretanto, en el grupo de David se hablaba de otra cosa. Lucas y Marcela se sentaron en un rincón, ante una mesa, sobre la cual pendía un farol de luz rojiza.

—Son las nueve —dijo Lucas—. Tenemos tiempo de tomar algo tranquilamente. Ojalá no tengamos mucho jaleo esta noche. ¿Sabes que dentro de unos meses no tendré guardia por las noches?

—Me lo imaginaba, dada tu categoría de jefe de grupo.

Él, en vez de hacer comentarios sobre el particular, murmuró:

—No entiendo cómo te has cansado de tu novio. Es muy atractivo. Entiendo poco de hombres, pero algo sí, no soy ciego.

—Si se amara a los hombres sólo por atractivos, tú estarías con mujeres al cuello todos los días.

—Gracias.

—Sin bromas. No se ama a un hombre sólo por su atractivo físico. A mí no me ocurre, al menos.

10

Fue una noche más bien tranquila. Además, Lucas se detuvo poco en el pequeño despacho, no lejos del control, donde habitualmente se reunían.

Marcela tenía la certeza de que le huía; de que, por las causas que fuesen, y ella sin duda desconocía, Lucas prefería no tener contactos, ni conversaciones, ni casi intimidad afectuosa.

Lo vio, pues, apenas durante la noche, y en los ratos que pudo estar con él había más médicos de otras plantas, y alguna enfermera. Ella se replegó.

Pensaba que las cosas estaban perdiendo su contenido humano más sincero. Lucas le huía, y ella no entendía aún las razones. Había demostrado claramente que el hecho de ser quien era no la eximía de ser, además, mujer sentimental, soñadora y sencilla a la vez. Y que el hecho de que él fuera un médico no la alteraba en absoluto, sino más bien que los sentimientos eran lo único que contaba.

Por otra parte, era mujer intuitiva, joven, si se quiere, pero con sus buenas experiencias encima, e ignorar que Lucas la amaba era ya ignorarse a sí misma.

También debía ser sincera en cuanto a sus sentimientos hacia él. No los tenía del todo claros, pero que le interesaba como hombre, eso ya era obvio, y se preguntaba si ése no había sido el motivo por el cual se enfriaron sus relaciones con David.

Sus reflexiones no le sirvieron de nada, pues nada en concreto le aclararon, salvo que le dolía el despego de Lucas y su forma casi clara de herirla.

¿Prefería Lucas que lo odiase?

¿Que le quedase de él un mal recuerdo? Pues lo iba a conseguir.

Por la mañana, hacia las ocho, lo vio aparecer ya sin bata blanca.

—Te he dejado sola toda la noche —se disculpó—, pero es que estuve entretenido en Urgencias. Luego me acapararon unos médicos nuevos. Lo siento, Marcela. ¿Te quitas la bata y vienes? Tengo que volver hacia las doce. Ya no vendré más de noche, salvo que me llamen. Me he quedado sin las guardias.

Algo se rompía dentro de Marcela. Algo que los había mantenido unidos todo aquel tiempo. Suponía que un día cualquiera Lucas añadiría: «Me marcho a Madrid».

—Te lo has propuesto, ¿verdad, Lucas?

Él no le entendió. O si lo entendía, prefería no darse por aludido.

—Vamos, anda. Están llegando los de la mañana. Quítate la bata y vayamos a tomar café al centro. He pasado la noche fumando y no he tomado ni un solo café.

Automáticamente, Marcela giró sobre sí, reapareciendo minutos después atándose aún el suéter negro por el cuello.

Se alejaron pasillo abajo hacia los ascensores, pero no intercambiaron ni una sola palabra. En el ascensor bajaban las del nuevo turno a tomar café antes de iniciar su trabajo de la mañana. Sólo al verse atravesando el vestíbulo, ella preguntó quedamente:

—Lucas, cuando éramos sólo amigos, las cosas estaban más claras entre nosotros.

—Seguimos siendo amigos, Marcela. No somos otra cosa.

Marcela sabía que estaba mintiendo, que, si nada le ligara a ella en cuanto a lo sentimental, sería más sencillo, más explícito, más natural. Y, por supuesto, o ella era ciega o Lucas no era natural en absoluto.

—¿No será que tienes algún compromiso que no quieres confesar?

Lucas hubo de sonreír.

Bajaban hacia el garaje.

La asió del brazo con cierta precipitación y dijo en cambio muy pausado:

—Marcela, hay cosas que no acabas de entender. Nos separan dos mundos, casi dos civilizaciones, yo diría incluso que dos culturas. Deja las cosas como están.

—Las dejaría si supiera que...

—Por favor —le atajó él—, sube. Y déjate de hacer preguntas. Yo no tengo novia, ni futura mujer, ni lío alguno de faldas —se sentó ante el volante, y ella lo hacía a su lado—. Hay que ser consecuentes, Marcela. Tal vez tú te sientas atraída por mí. Quizás yo algo por ti, pero hemos de entender que no podemos ser el uno del otro... Hay situaciones insuperables, y ésta es una de ellas.

—¿Ocultas algo, Lucas?

—¿Algo de qué?

—No lo sé. Pero cuanto más pienso, más me reafirmo en que algo te sucede. Algo que sólo sabes tú.

—Puede ser.

El auto rodaba hacia el centro. Marcela miraba al conductor con fijeza.

—¿No puedo conocer un poco de esas interioridades que te callas?

—No.

—¿Y por qué? Yo siempre te lo conté todo.

—Marcela, por el amor de Dios.

—De acuerdo, no me cuentes nada. Pero dime, ¿me amas?

Él la miró rápidamente.

—Te has quedado sin pudor, Marcela —dijo con tibieza.

Era lo peor.

Su ángel, su halo.

Su forma de ser suave y atrevida al mismo tiempo.

—Si el hombre tiene todos los derechos de confesarle su amor a la mujer, no veo por qué la mujer ha de callarse los suyos.

—Te digo…

—Llámame feminista, si gustas. Sé el lugar que ocupa el hombre y el que ocupa la mujer, pero, en estas cuestiones, para mí son iguales. Y yo creo que te amo, y no veo por qué tenga que callarlo.

Por toda respuesta, él soltó la mano derecha del volante y apretó los finos dedos.

—Eres una chica encantadora, Marcela.

—Que tú deseas y amas y de la cual huyes. ¿Qué razones tienes?

Sin soltar los dedos, que tal parecían arrebujarse en los suyos, él musitó:

—Podía darte las razones ya expuestas, querida. Tu rango, tu fortuna, tu nombre. Mi vulgaridad, mi sencillez…

—Pero mentirías.

Sintió que él apretaba mucho su mano.

—Me... haces daño.

La soltó con rapidez y puso la mano en el volante.

—Perdona.

—Lucas, ¿no puedo saber? Yo me conozco, ¿entiendes? Lo mío por David fue una novedad. La juventud, los escasos años... Lo tuyo es fuerte, Lucas. Muy fuerte. Muy definitivo, y tú lo sabes.

—Si callaras...

—Estás sudando, Lucas. ¿Qué te pasa?

Él se llevó la mano a la frente.

—¿Sudando? —y se quitó las gotas de sudor con rabia—. Hace calor.

—Te he estudiado mucho, Lucas. Desde cuando estás haciendo una operación hasta cuando te quitas la bata verde. Y sólo sudas cuando algo te inquieta profundamente. El calor no es lo que a ti te hace sudar, sino las emociones fuertes.

El auto entraba en el centro sin que Lucas respondiera. Frenó ante una cafetería.

—Tomaremos ahí café, Marcela.

—Lucas, ¿qué nos pasa a los dos?

—Quizá la misma cosa —dijo rápidamente, agresivo—. Desciende.

Y lo hizo él primero.

Cuando Marcela se le reunió en la puerta de la cafetería, él tibiamente amable, le pasó un brazo por los hombros y entraron así.

* * *

—Cambias de humor con mucha facilidad —dijo ella encaramándose a la alta banqueta, a la par que Lucas lo hacía en otra—. Tan pronto eres agresivo como afectuoso. Antes no conocía esas facetas, Lucas.

—Puede que antes nada nos inquietara, que nuestra amistad fuese más honesta.

—¿Por qué ahora no la consideras honesta?

Lucas pidió dos cafés.

Sacó la cajetilla y el mechero.

—Dejemos las preguntas y las respuestas, ¿quieres? Pero, para acabar de una vez, te diré que yo te deseo. Y te deseo tanto como tú a mí. ¿Es eso amor? No lo sé. Creo que no. Ya sabes lo que opino de la amistad entre dos personas de distinto sexo. Termina por deteriorarse. Se distorsiona cuando aparece el sexo.

—O se profundiza. Eso es en contra de lo que tú estás, y no acepto las razones que me diste.

—Que no...

—No.

La presencia del camarero evitó que se enzarzaran de nuevo en una polémica de cortas y confusas palabras.

El azucaró su café. Marcela apreció el temblor casi imperceptible de sus dedos.

—No te daré más la lata, Lucas —siseó, asiendo su mano—. Perdóname.

Lucas removió el café cuando su mano quedó libre de la presión de los finos dedos femeninos. Lo tomó a pequeños sorbos.

Y así, sin cruzarse una palabra terminaron de tomar el café. Lucas pagó. Luego descendieron de las banquetas. Ya en el auto, Lucas dijo, como si nada hubiera de confuso entre los dos:

—Te reclamaré la semana próxima.

—¿Reclamarme?

—A mi servicio, como ahora. Pero es que al no hacer guardias tendremos siempre las del día, y pediré que te destinen conmigo.

—¿Por qué lo haces, si tanto deseas mantenerme a distancia?

—Quedaste en no volver sobre el tema.

—Perdona.

Dejó el auto ante el garaje.

Matías, el portero, salió en seguida.

—¿Lo llevo al garaje, doctor?

—Sí, Matías.

—Si lo necesita durante el día, no tiene más que avisarme y lo coloco delante de la puerta.

—A las doce debo subir de nuevo al hospital.

—Pero hace mucho calor, y tres horas y pico al sol es mucho.

Lucas y Marcela entraron en el portal.

En el ascensor no se dijeron nada, si bien él le sonreía con su tibieza habitual.

Ella descendió en el quinto y mantuvo la puerta abierta.

—En la noche ya no te veré —dijo Lucas—. Pero tú tienes tu guardia.

Ella meneó la cabeza.

—¿No?

—No me siento bien. Susan se ofreció para hacérmela esta noche.

—Ah, ¿te sucede algo?

En vez de responder, Marcela cerró la puerta del ascensor con seco golpe y apretó el botón del sexto, de forma que Lucas no pudo reaccionar.

Entró rápidamente en su casa.

Sabía que tenía ganas de llorar. Pero prefería no hacerlo, así que se fue quitando la ropa camino del baño.

Se metió bajo la ducha sin siquiera ponerse el gorro.

Necesitaba friccionarse, despabilarse, romper con toda aquella gama de sentimientos anudados que llevaba dentro. No le cabía duda alguna.

Estaba enamorada de Lucas.

Y sabía, asimismo, que él lo estaba de ella.

¿Qué los separaba?

¿Su posición económica y social?

Eran majaderías.

Ni su mismo padre, con ser tan reaccionario y tradicionalista, le pondría peros a Lucas como yerno. Era Lucas, que temía algo. Pero, ¿qué?

Salió del baño y se puso la felpa sobre su cuerpo desnudo. Descalza, frotándose con fiereza, salió al salón.

Sacudió la cabeza. El pelo le caía empapado por los hombros.

Sentía una fuerza íntima, poderosa, pero no sabía cómo desahogarla.

En ese momento oyó el timbrazo.

Justamente se envolvía la cabeza en una toalla cuando el timbrazo la estremeció de pies a cabeza.

11

Lucas en el umbral. La miraba cegador con sus ojos negros, profundos y penetrantes.

—Esta vez —dijo— soy yo quien viene a pedirte perdón.

—Pasa.

Lucas cruzó el umbral y cerró tras de sí. Se quedó, como ella en otra ocasión, pegado a la madera. Parecía tenso, y sus ojos resbalaban cálidamente por el bello cuerpo que ceñía mal la bata de felpa.

Marcela se dio cuenta de su situación algo embarazosa y dijo atropelladamente:

—Iré a vestirme en un segundo.

—No importa, Marcela. Ya importan pocas cosas.

—Me pregunto —dijo la joven con un raro acento de voz— si tus retraimientos no se deben a cuanto sabes referente a mí y a David. Me refiero... a la intimidad que hemos tenido.

Lucas esbozó una sonrisa indefinible.

—Eso es para mí tan tabú, que ni siquiera lo pienso. No se me pasa por la mente. Nunca mido a la mujer por sus experiencias anteriores, sino por las que vive conmigo —avanzó a paso corto y se aplastó en un butacón. Marcela continuaba de pie, mirándole—. Lo que no soporto es la idea de que tengas un mal concepto de mí, ni quiero jugar con tus sentimientos —meneó la cabeza, pensativo—. No sé cuándo fue. ¡Un día! Siempre hay un día para que uno reflexione y se vea a sí mismo. Ese día me di cuenta de lo que me acercaba a ti. De cuanto llevaba yo dentro de emotivo. Dicen que el hombre no se conoce hasta que ama. Puede que por eso te aconsejara hacer frente a tu situación pasiva junto a tu novio. Puede que, sin saberlo, fuera yo muy egoísta. Nunca me pregunté esas cosas. Siempre tuve en mi mente seguir viviendo sin amor firme. Me bastaban los amores volantes, espontáneos. Ésos que se sienten durante media hora y se olvidan después.

—Me vas a decir algo importante, ¿verdad, Lucas?

—Pienso que sí. No soy capaz de mantener esta situación. Y quizá al saber cosas mías te des cuenta de lo imposible que es todo. Verás, Marcela, si tú fueras otra chica... Y no lo digo ni por tu nombre ni por tu dinero. A mí me tiene sin cuidado tu posición social y económica. Soy muy capaz de mantener a mi mujer, si la tuviese. Muy capaz, por supuesto, de hacerla feliz, y me parece que el dinero no es tan necesario, si se tiene el que se precisa. Quiero decir que poseer una fortuna resulta agobiante. Y que a mí nunca me inquietó esa situación.

Hablaba bajo, como si reflexionase en voz alta.

Marcela había ido escurriéndose hasta la moqueta y se tapó las piernas y los pies con la bata de felpa. Por la abertura de arriba se veía el principio de los senos. La toalla enrollada en la cabeza le daba un aspecto oriental.

Pero Lucas no pensaba ya en la silueta femenina insinuante, emotiva. Pensaba en sí mismo, en que estaba allí porque una fuerza superior le empujaba.

No se soportaba a sí mismo sabiendo que Marcela lo estaba juzgando mal.

—No podía jugar con tus sentimientos —repitió—. Soy hombre de experiencia, pese a mi juventud. Empecé muy joven a conocer a las mujeres, y las supe diferenciar. Llevarte a ti a un terreno impudoroso no me conformaba. Las situaciones equívocas... me lastimaron siempre. Además, la amistad y la confianza son frenos que marcan, que contienen las pasiones. Después de ser amigo, convertirse en un amante sin futuro no era mi papel contigo. Puedo no ser honesto a veces con ciertas personas, pero conmigo mismo y ante un caso como el que nos ocupa, evidentemente no puedo dejar de serlo. Evité esta explicación, Marcela. Las explicaciones a veces distorsionan más la amistad. Prefería no hablar de mí. No tenía nada bueno que decir. No referente a mi persona como ser humano. De ése doy fe, respondo. Me considero leal y honrado. Pero hay cosas que uno no quiere decir nunca de sí mismo.

Hacía pausas.

A veces, largas. Marcela se mantenía sentada en el suelo sin interrumpirle.

—El hecho de que yo diga «no me casaré jamás», no es escupir al cielo. Ni decir, soberbio, ese refrán tan vuestro: «De esta agua no beberé». No se trata de eso. Se trata de que yo admiro demasiado la familia, el matrimonio, los hijos... Todo eso forma un núcleo importante. Es definitivo —meneó la cabeza pesaroso—. No es por ahí, Marcela. Es algo más complicado. Más terrible.

Marcela se había ido levantando y se sentó junto a él.

Automáticamente, Lucas alzó el brazo y lo pasó sobre los hombros femeninos.

La toalla que cubría la cabeza de Marcela se escurrió. Sus cabellos estaban casi secos, pero Lucas sentía en su cara cierta humedad al atraerla hacia sí y apoyar su mejilla en la cabeza de Marcela.

—Me gusta tenerte así, Marcela. Es como una necesidad. Por eso cuando llegué a casa me olvidé de todo. No soy capaz de soportar tu mirada censora. Pienso que la verdad es siempre importante y define la calidad íntegra de la persona...

Él se levantó de repente.

Marcela se quedó escurrida en el sillón.

* * *

—¿Qué me vas a decir, Lucas?

Su voz tensa parecía, al final, sibilante.

Lucas, de espaldas, miraba al fondo.

Los tejados, las terrazas, los edificios se perdían apiñados por la ancha calle. El ventanal, iluminado por el sol que crecía a medida que el día avanzaba, obligaba a Lucas a entrecerrar los ojos.

—Lucas, no te quedes ahí. No te veo la cara. No viéndote la cara, nunca sé lo que sientes, lo que piensas. Además, cualquier cosa que me digas no evitará que me ames y que yo te corresponda. Ni aunque fueras un criminal, evitaría ya eso, Lucas. No nos dimos cuenta. Hemos jugado con una amistad entrañable y hemos caído como dos incautos, prendidos en las mismas redes. Es humano eso, Lucas. Es lógico entre dos personas capacitadas para amar, con sensibilidad a flor de piel, con emociones concentradas, con las emotividades que nos unieron de modo tan afectivo. Yo no estoy nada asombrada, ¿sabes? Absolutamente nada. Pero que tú me digas que no me amas, tampoco me cabe en la cabeza.

Él se giró.

La mirada de sus ojos relucía.

—No te lo voy a decir, Marcela. Sería necio decir lo que tú sabes que sería una mentira. El amor se nota, se palpa, se aprecia sólo con una cambiante mirada. En el fondo, soy un tipo sentimental aunque siempre quise apartarme de mis raíces sentimentales y parecer un tipo real, contundente en mis apreciaciones. Quizá tenga de ambas cosas, y por esa misma razón sea tan complicado en mis cosas, en mis ideas, en mis futuros.

Avanzaba con desgana. Se apreciaba en él un dolor íntimo incontrolado.

Se dejó caer en el diván, frente a la mesa de centro, enfrente mismo del sillón donde aún estaba incrustada la joven.

—No hice el servicio militar. Me presenté voluntario con el fin de venirme después a España. No fue preciso. Por razones oficiales no se me admitió y me dieron la licencia. Pienso que el hacendado jefe de mi padre tendría algo que ver en el asunto. Nunca lo pregunté, porque no tenía una razón para indagar lo que realmente me convenía y conseguía, fuera a través de otros, fuere por lo que fuere. Sin embargo, antes de venirme a España, mi padre me habló. De sus antepasados, de sus abuelos, de su esposa, de mi madre muerta muy joven. Todo ello, en aquel momento, no me afectó demasiado. Lo consideré peligroso para un futuro. Pero sólo desde ese punto oscuro de mis propias vacilaciones.

Miraba al frente.

Hacía pausas.

Marcela se levantó y se sentó a su lado en el diván, pegándose a él.

Automáticamente, Lucas alzó el brazo y la apretó contra sí.

La sentía palpitar.

La sabía honesta, dulce, confiada.

¿Qué podía hacer?

Decir la verdad.

Después se iría.

Podía ya pedir el traslado. Se lo concederían. Se iría de sorpresa y dejaría una carta, pero antes... antes...

No lo otro, ¿para qué?

Si no iba a...

—Lucas.

Alzó la cara. Lucas bajó los ojos para mirarla.

—Yo te amo, Marcela.

—Lo sé.

—Tan segura estás.

—Sí, tan segura.

La besó. Vio los labios entreabiertos de Marcela casi pegados a los suyos. Era inefable sentir aquello, poder besarla así. Largamente, apasionadamente.

Por un instante sintió correr el sudor por su frente.

¿Y si callara?

Otro tal vez callaría.

Él no podía

Con Marcela, que estaba tan obligada a su familia, no.

—Lucas, no me digas nada. ¿Para qué? De todos modos, nadie evitará que te ame, que te desee.

—Calla, Marcela.

—¿Puedo?

—No.

Ya no era posible.

Se deslizó junto a ella.

Ni cuenta se daba.

Sus manos se perdían cálidas bajo la felpa de la bata de Marcela.

Ella se pegó a él.

—No me digas nada que pueda separarnos.

¿No era ingrato tomar todo aquello que después no sería nunca para él?

—No quiero —dijo Marcela, ahogándose, perdiéndose en su cuerpo— saber nada. ¡Nada! Todo lo que sea y como sea no me importa. No me importa, Lucas. ¿No te das cuenta?

Lucas no se la daba.

Y es que se cegaban los dos, se emocionaban, se olvidaban de que había un después.

—Amo el moreno de tu cara —le siseó Marcela, pegándose más y más a él—, tus ojos dulces y, en el fondo, enigmáticos, tu fuerza íntima, tu agresividad...

Su voz se perdía en los labios ávidos de Lucas.

Se perdía la consciencia, el tiempo.

Matías, abajo, se preguntaba por qué el doctor no bajaba, si le había dicho que lo haría sobre las doce.

Pero es que Lucas estaba allí, iluminado por el sol, su cara morena, su cuerpo de bronce.

—Marcela.

Ella respiraba quietamente.

Sus dedos resbalaban del cabello de Lucas hacia la cara, se perdían en la garganta, en el pecho.

—No, por favor, no me digas nada. Ha sido... ha sido maravilloso.

—Una frase genuina para definir algo tan bello.

—Por eso mismo.

—Bello, precioso, sí. Precioso, Marcela.

De súbito, ella se incorporó.

12

No te marches, Lucas.

Y es que él se iba. Se vestía. Se miraba a sí mismo casi espantado.

—Lo más puro de mi vida.

—¿Lo más puro, Lucas?

—Lo más vivo, lo más sincero, lo más verdadero... y pienso que lo he mancillado. Pero, de todos modos, nunca, ¡jamás!, olvidaré esta mañana.

Y casi vestido, cayó de nuevo a su lado. Marcela dijo quedamente emocionada:

—Ha sido... lo mejor de mi vida. La experiencia más completa, la más absoluta. ¿Te das cuenta, Lucas? Hemos roto esquemas, pregones, prejuicios. Nos hemos entendido.

Y le pasaba las manos por la cara, casi como si estuviera delirando.

Lucas se mantenía inmóvil junto a ella.

—Tenías que ir al hospital.

—Sí.

—Y son las dos.

—No importa.

—Lucas, estás arrepentido.

—Sí, sí, sí.

—Yo no, no, no. Ha sido lo mejor que pudo ocurrirme en la vida.

—¿Y después?

—Juntos.

—Yo te iba a decir algo.

—Y yo no te dejé.

Y era ella, cálida, voluptuosa, la que tomaba la boca masculina en la suya.

Le besaba despacio, reiterada, galante al máximo, voluptuosa siempre. Femenina, ciento por ciento.

Iba a ser difícil, sí, muy difícil prescindir de ella después de haberla conocido tanto. Pero él no sería honrado si se callara todo aquello.

—Marcela, no te dije aún lo que tenía que decirte. Lo que, ante todo, debí decirte. No soy honesto contigo por callarlo y disfrutar de algo tan hermoso.

—Ya te dije que aunque fueras un ladrón.

—No soy un ladrón, Marcela.

—Si lo sabré yo, cariño.

—Pero tú estás obligada…

—¿A qué?

—A todo con tu nombre, con tu familia.

—No me digas que esos prejuicios te contienen.

—No.

—Entonces...

—Yo soy estéril, Marcela.

Se separó de él.

Le miró despavorida.

—¿Estéril?

—Sí. Soy médico, no te olvides de eso. No sé qué día, uno de tantos, jugamos un grupo de amigos a hacernos reconocimientos, exploraciones, en el hospital donde hacía mis prácticas. El asomo llegó. Me asombré. Me desconcerté. Me alarmé.

—No te marches, Lucas.

—Es que esto es grave, dada tu situación.

—Pero no te marches. Dímelo aquí cerca.

Se apretó contra ella.

La sentía palpitar, y sus senos oscilantes le hacían de almohada a su cabeza.

—Cuéntame eso, Lucas.

—Eso es una cosa.

—¿Hay más cosas?

—Sí.

—¿Por qué me lo tienes que decir?

—Porque eres tú, que si fueras otra... no me molestaría. Pero tú estás obligada a dar hijos a tu casta. Es lógico, Marcela, muy lógico.

Me estremecí.

Sentía en sus senos el calor de la cara masculina.

Sus manos le apretaban las mejillas.

—Lucas… ¿estás seguro?

—Sí, sí. Fue un estudio a fondo. Lo he comprobado yo mismo. No me lo dijo nadie. No hace de ello ni dos años. No me inquietó. Pero, al conocerte… al darme cuenta… al comprobar mi amor…

Se pegó a él, le tranquilizó.

Pero… ¿podía tranquilizarse a sí misma? Sí, sí, todo, antes que renunciar al hombre tan distinto a los demás, para ella al menos.

De no tener experiencias… pensaría que todos eran iguales.

Pero la tenía.

Y sabía, sabía.

—Lucas, calla.

—Estoy callado.

—Pero siento dentro de ti tu rebeldía.

—¿Te das cuenta ahora?

—Dime la otra cosa que te aflige, Lucas.

—¡Para qué! Ésta ya es suficiente, y sin ésta, la otra carece de importancia. Después de amarte y demostrarte que mis criterios son vanos junto a ti, ¿quieres algo más?

—Yo te amo, Lucas.

—Pero piensas en tu casta, en lo obligada que estás.

—Seré sincera.
—¿Con quién?
—Con mis padres. Tienes que venir a conocerlos.
—No podría, Marcela.
—¿Y podemos pasar el uno sin el otro?
—Yo, sin ti, ya no podría.
Un reloj tocaba las tres.
—No has ido al hospital, Lucas.
—No importa.
—Yo tampoco —dijo Marcela, quedamente, pegada a él cada vez más—, tampoco podría.
Un reloj tocaba las tres.
—¿Y qué vamos a hacer?
—Casarnos.
—Estás loca.
—No te separes de mí, Lucas.
Le aferró a su lado y Lucas se incrustó en ella.
—No te importa, Marcela.
—¿No tener hijos? No, los adoptamos.
—Y tus padres…
—No se lo diremos. Y pasado un tiempo, tomaremos la determinación más adecuada.
—Me culparás de eso… Marcela, y yo no soporto que me culpes de nada.

* * *

—Pues mira, no. No recuerdo nada. Lo siento, David. El hecho de que Lucas esté aquí destinado me emociona. Era un gran amigo. Una persona fabulosa, increíble, te lo digo.

—Pero, Mimí, tu hermana, dijo que algo le ocurría a Lucas Heredia. Algo peculiar que ella sabía, pero que había olvidado.

—¿Sí?

—¿Tú, no lo recuerdas?

Claro, Miguel nunca se olvidaba de nada.

En cambio, dijo en tono indiferente:

—Pues no tengo ni idea.

—Oye, tú sabes que yo amé siempre a Marcela, y ahora se les ve juntos a ella y a Lucas. Es más, hasta sus padres conocen a Lucas, y parecen satisfechos de esa amistad.

—Es que Lucas Heredia es mucho Lucas. Gracias por informarme, David.

—No me dices lo que tiene Lucas.

—¿Y qué tiene? Valor, firmeza, vocación, seguridad.

—Pero, Mimí dijo…

—¿Mi hermana? Pero, David, que Mimí vive en las nubes.

—Ella insiste…

—Olvídate de lo que Mimí diga. Yo sí te digo que si a tu novia la enamoró Lucas, no se desenamorará jamás. Si conoceré yo a Lucas.

—Pero no me dices…

No. Miguel jamás diría.

Apreciaba demasiado a su amigo.

Así que Miguel se fue, subió al auto y se personó en el hospital donde, según informes, trabajaba su amigo y antiguo compañero.

¿Marcela? Oh, sí la conocía.

De vista. Era demasiado joven.

¿Suficiente para Lucas?

Puede que sí, porque, si era como decía David, Lucas nunca se equivocaba, y si valoraba a Marcela Igualada, sin duda era que suponía el compendio como pareja.

¿Diría Lucas la verdad a Marcela?

Eso le tenía sin cuidado.

Lo esencial era ver a su amigo de carrera, de piso, de los primeros tiempos como amantes ocasionales donde dejaran su castidad.

Le dijeron que se hallaba en la sexta planta, y allí se fue.

Encontró a Lucas en seguida.

Lucas tardó en identificarle, y al hacerlo corrió a su lado con su emoción sensible, tan conocida por todos sus amigos y compañeros.

Después del abrazo y las primeras palabras cambiadas, tan iguales siempre, Miguel lo llevó a un rincón del pasillo.

—Lucas, ten cuidado.

—¿Cuidado?

—David Juncale anda a tu caza.

—¿Mi... caza?

—Mi hermana Mimí es de su pandilla. Supo algo de lo tuyo. Sin duda no se acuerda de qué. David quiso saber.

—¡Ah!

—Estás apático.

—Marcela sabe lo primero.

—¿Y lo... otro?

—No.

—Lucas... nunca lo has ocultado.

—No, no... Pero con ella... Es tan deliciosa, tan bonita, tan amante, tan sensible...

—Dile la verdad. No te reserves nada.

Ya, ya sabía.

Pero no era tan fácil.

Lo difícil fue lo primero.

Lo otro...

—Lucas, siempre has sido franco. Gerardo Igualada es duro. Es tradicionalista, quiere nietos.

—Eso ya lo sabe Marcela.

—Y dicho eso, no te ves obligado a decir lo demás.

—No.

—¿Te lo callarás?

—No lo sé aún, Miguel.

—Estás sudando, Lucas, y cuando tú sudas, te invaden las emociones.

—Estoy emocionado. Verte, después de tanto tiempo... Saber que el antiguo novio de Marcela anda a la caza de mis defectos o pecados. Y mi gran amor a Marcela. Mira, ahí llega. Marcela —la llamó—. Ven a conocer a un amigo mío de Madrid.

13

¿Tú, qué dices, Gerardo? Es médico, sí, y nos gusta mucho como persona. Es todo un señor, y está muy enamorado de Marcela. Sin duda… —titubeaba— nos hemos descuidado. Y Marcela ya dejó su compromiso con David por él. Por Lucas. Se conoce que Marcela prefirió decírmelo a mí. Y me lo ha dicho con toda contundencia. Se casa con Lucas. Y se casa, te lo quiero advertir, querido Gerardo, con nuestro consentimiento o sin él. Deja de pasear, Gerardo, por favor. Te estoy hablando, aunque parece que no me oyes.

—Te escucho, María. Claro que te escucho, pero es que paseando pienso mejor. Se me aclaran las ideas. Además, sé lo que me vas a decir. Que no estuvimos de acuerdo en que Marcela se fuera a vivir sola, aunque ella se fue, pese a todo. Nosotros, María, estamos aferrados a la tierra, a esta tierra, a los muchos prejuicios que fuimos adquiriendo día a día. No sé si estamos equivocados. Pero sí que debemos admitir que nuestra hija no es como nosotros. La educación, el entorno, los colegios extranjeros... —se pasó los dedos por los cabellos. Se hallaban en la intimidad de su alcoba. La esposa en el lecho; el marido paseando de un lado a otro en pijama y zapatillas—. Nosotros somos tradicionalistas, reaccionarios incluso; ella es progresista, liberal, totalmente ella. Nosotros siempre dependimos de algo; ella dependió sólo de sí misma. Yo no sé si eso es bueno o malo, pero... en el fondo la admiro y hubiera querido nacer en su época. Sí que me gusta Lucas. Lo he tratado bien; es un chico estupendo. Nada superficial, muy realista, e idealista a la vez. Además le he visto recorrer conmigo a caballo la campiña, y sé que entiende. Su padre fue capataz de una gran hacienda en Brasil. He sido franco con él, María. Muy franco. No necesitaron decirme que se casaban. Lo he visto yo. Que tenía un futuro yerno junto a mí, lo he visto yo...

—Y te duele que no sea de tu raza, que no sea David, por ejemplo.

—No, María, no es eso. Al fin y al cabo, uno de mis antepasados era húngaro, ya ves. No es por ahí la cosa. He reflexionado mucho sobre todo esto y he llegado a una conclusión hace tiempo. Desde el primer día que Marcela trajo a Lucas a casa hace dos meses y nos dijo con toda la sencillez del mundo que estaban comprometidos, que estaba enamorada. El amor no se puede ocultar; saltaba a la vista que Marcela le quería locamente. ¡Para qué vamos a engañarnos, María! David era el hombre que económicamente le convenía a Marcela, pero si falta el amor, falta todo lo demás. Marcela ya no amaba a David; en cambio, amaba a Lucas. Todo eso lo acepto sin más. ¿Rebelarme? ¿Me serviría de algo? Perderíamos a Marcela; eso ella ya nos lo demostró yéndose a vivir sola, cuando nuestro gusto no era ése precisamente. Ya ves ahora; vive de nuevo con nosotros. Dejó el apartamento y aquí la tenemos. Además, tenemos a Lucas, que aparece con ella todos los días.

—Entonces, ¿qué te inquieta, Gerardo?

—La hacienda, el patrimonio. Yo soy joven aún y puedo conducirlo, dirigirlo, llevarlo. Es mi obligación, pero si un día falto... Eso se lo dije a Lucas, ¿sabes? Lucas me dijo que el hecho de ser médico no le impediría dirigir este imperio. Y también le creo. Pero también añadió que jamás dejaría de ejercer la carrera de medicina, y eso es lo que me preocupa. Entre el patrimonio de su mujer y su carrera, de elegir, no dudo que elija lo último, y Marcela estará de acuerdo con él.

—Y eso es lo que te impide ser feliz.

—Es que la idea de que esto tan mío, tan de nuestra casta, se abandone, me pone los pelos de punta.

—Ven a la cama y deja de pensar, Gerardo. Yo te daba la noticia de una boda inminente. Además lo tienen decidido todo. Será discreta, íntima, sin jolgorio. Otra cosa que hemos de admitir, Gerardo. Son ellos los que se casan. Hay que entender a la juventud de hoy. Al fin y al cabo, pienso que tienen más valores que nosotros. Nosotros aprendimos unos esquemas a que otros nos ciñeron, y los aceptamos sin analizar más. Ellos son libres, sinceros, valientes. También a mí me hubiera gustado nacer en esta época, Gerardo. Anda, vente a la cama. Al fin y al cabo somos jóvenes aún. Tú y yo tuvimos la suerte de casarnos enamorados y seguir estándolo a medida de nuestra edad y nuestras tantas vivencias compartidas.

El marido se escurrió a su lado siseando emocionado:

—Yo aún te deseo, María, y te amo. Quizá por eso entiendo mejor a los jóvenes que defienden sus sentimientos por encima de todo.

—Eres un gran hombre, Gerardo. Un gran marido y estás siendo un sensible y afectuoso padre.

* * *

David le preguntó a Mimí, reiterativo:

—¿Estás segura de que no recuerdas lo que le sucede a Lucas Heredia de peculiar?

Mimí no se acordaba. Además prefería ver la discreta boda que se estaba celebrando.

¿Qué importaba ya lo que Lucas Heredia tuviera de peculiar si se estaba casando en aquel momento en la pequeña capilla del cortijo, con un puñado escaso de invitados? Desde la terraza de la casa de David se veía apenas lo que sucedía en la finca vecina, pero con los prismáticos que tenía sí que podía precisar bastante el precioso traje blanco de Marcela y la alta y firme silueta del moreno marido, guapísimo en verdad, que se estaba casando con Marcela.

—No me acuerdo de nada, David. Déjame en paz. Además, ¿qué importa ya? Si quieres te paso los prismáticos. Ya están casados. Ahora salen de la capilla.

—No quiero ver nada —exclamó él, furioso—. No me interesa.

Y se adentró en la casa, seguido de un grupo de amigos.

Entretanto, en la finca vecina, el cortejo salía de la capilla, Marcela besó a su madre, emocionada y se apretó después contra su padre.

A los dos, tibiamente, les dijo al oído:

—Gracias, gracias.

Después siguió un banquete en los jardines. Anochecido ya, los invitados pasaron al salón. Entretanto, Marcela y Lucas se escurrieron y desaparecieron.

No se despidieron de nadie. Incluso iban aún vestidos de novios en el descapotable de Marcela, conducido por un Lucas radiante y eufórico, emocionado.

—Tomamos el avión o... seguimos en auto, Marcela. Tenemos una semana.

—Si te pido algo especial...

La llevaba pegada a él. En la parte de atrás iba su maleta, pero ella aun vestía de blanco.

—Dime, Marcela.

—A tu apartamento. Estuvimos ayer allí, pero... hoy es diferente Lucas.

Él apartó una mano del volante y asió los finos dedos femeninos. Los apretó íntimamente. Se conocían mucho. Todo lo que se puede conocer una pareja que en cierto modo había convivido ya casi tres meses... aunque a ratos y de modo casi furtivo, pues ella, aconsejada por Lucas, retornó a casa de sus padres, si bien... se veían en el piso de Lucas cuando tenían libre.

Allí fueron conociéndose profundamente. Como pareja, como personas, como hombre y mujer, como enamorados que cada día aumentaban las novedosas pasiones y las situaciones eróticas sorpresivas.

—Lo estaba pensando, Marcela. A las nueve de la noche, Matías sube a tomar su cafetito y no estará en la garita. Nadie sabrá que estamos allí.

—Y si lo saben, peor para ellos.

—Eres audaz.

—Tú sabes cómo soy.

¡Y claro que lo sabía!

Divina, apasionada, voluptuosa, inefable, emotiva, sensible. La quería como un loco. Y un día tendría que decirle… Pero… ¿importaba ya mucho, todo eso?

Nada.

—Tus padres son encantadores —le decía Lucas, ya en el ascensor y sintiendo el precioso cuerpo femenino pegado al suyo—. Me han aceptado, sin más.

—Es que yo también te acepto como eres, Lucas. Y si yo lo hago, ¿por qué no han de hacerlo ellos?

—Pero ellos —decía sobre la boca femenina que besaba avaricioso— ignoran que no les daré herederos a su casta.

—Los adoptaremos.

Cuando salieron al rellano Lucas se apresuró a decir:

—Mira, seré un cursi, un sentimental, pero… déjame tomarte en brazos y entrarte en casa. Todo eso parece muy cursi, lo sé, pero casi todos los novios enamorados lo hacen, y cuando se está haciendo es emocionante. A ellos no les parece cursi, y si les parece que lo tomen en dos veces.

Fue después, ya con la puerta cerrada, que Lucas la encerró en su costado, y así se deslizaron los dos en la alcoba de Lucas.

Él se despojó del traje de etiqueta, de la pajarita, de la camisa.

Y después la miró con expresión ardiente.

—Déjame quitarte el vestido, Marcela.

—Sí, Lucas.

Fue algo delicioso, conmovedor casi. Eran sus movimientos lentos, gozosos, como algo morbosos, sin perder su pureza y diafanidad.

Una noche divina.

Una de esas noches distendidas, diferentes. Y es que ya no ocultaban nada, nada robaban, nada hacían a lo que no tuvieran pleno derecho.

—Lucas.

—Dime.

—¿Te digo?

—¿Puedes?

—No puedo ni quiero —y su boca buscaba la de Lucas con deleite y apasionamiento.

Una noche que se prolongó en un viaje por carretera durante una semana, tanto como ellos quisieron y sintieron. Cada día sentían muchísimas cosas, nuevas cosas, nuevas situaciones, nuevas emociones, nuevos placeres.

14

Aparentemente todo continuaba igual, pero ellos sabían que era diferente. El trabajo, el retorno a casa juntos. La vida que seguía, y ellos que la vivían al máximo.

A veces llamaban a la finca y Marcela decía a sus padres que se quedaban en el apartamento de Lucas.

No. No lo había dejado. Era algo que los dos necesitaban como desahogo erótico a sus elucubraciones amorosas infinitas. Los padres entendían.

Pero un año después, Gerardo se planteó el problema.

No nacían hijos.

Marcela presionó a Lucas, y Lucas aceptó la cuestión, no sin antes reflexionar sobre ella profundamente.

—No tendremos hijos, Gerardo —le dijo a su suegro—. Hay un problema genético insuperable. Marcela y yo hemos aceptado la cuestión. Yo soy médico, ella enfermera. Los dos sabemos mucho de todo eso. No seremos padres nunca.

Gerardo no parecía entender. María más. Más, porque Marcela se había insinuado al respecto. La desilusión de su marido la comprendía, pero también comprendía que la solución que daba Marcela no era mala, al fin y al cabo.

—Gerardo —le dijo aún delante de Lucas—, van a adoptar dos niños. Los tienen solicitados. Verás cómo cuando lleguen, es como si nacieran de ellos.

—Pero mi casta.

—Tu casta se verá reflejada en esos niños adoptivos que, para el caso serán tus nietos.

—¡Dios mío, tanto como yo soñé! Lucas, no sabes... no sabes cuánto lo siento.

Lucas pensaba muchas cosas, y se daba cuenta de que mejor ser estéril que todo lo demás que podía ocurrir. Pero eso aún no se lo había dicho a Marcela.

—He cedido dos veces —dijo Gerardo, desalentado, pero resignado al mismo tiempo—. Una vez más... qué importa. Pero, por favor, trae en seguida a esos niños.

Se tardó más de otro año. Pero llegó el primer hijo varón que Lucas, como médico, pudo conseguir y que se registró como hijo propio. Seis meses después llegó la niña.

Una de esas noches Marcela recordó que Lucas tenía una segunda cosa que decirle y que no le había dicho jamás. Pero no la había dicho porque ella no había querido que la dijera.

Aquella noche era diferente. Estaban los dos en la amplia alcoba. Perdidos en el ancho lecho. A través de los ventanales semiabiertos se oían los trinos de los pajaritos, que despertaban en el amanecer de una primavera deliciosa.

Además, en dos alcobas separadas por una puerta encristalada, no lejos de la suya, dormían dos niños. Sus hijos, los que un día serían el orgullo de la casta de los Heredia Igualada.

Pegada al cuerpo bronceado de su marido, sabiendo ya tanto uno del otro, conociendo hasta el mínimo suspiro de ambos, Marcela con la yema de un dedo le rizaba el vello del pecho masculino.

—Oye, un día, hace mucho tiempo de eso, me decías que había algo más que tu esterilidad… ¿qué era?

—Te dará risa. Pero lo que para mí, durante tanto tiempo, fue un freno en cuanto al matrimonio, y no porque mi esterilidad fuese impotencia, que así sabemos que no lo es, ahora me complace. Prefiero no tener hijos propios, pues correríamos el riesgo de que fuesen negros.

Marcela dio un salto, pero Lucas la apresó contra sí riendo.

—No te asustes. No vamos a tener descendencia mía. Por tanto no se corre ningún riesgo. Sin embargo, ésa fue mi pesadilla durante años. No el ser descendiente de negros, sino mi esterilidad. Casado ahora contigo, con hijos que considero propios, aunque los hayamos adoptado, de no ser estéril imagínate lo que sería tener un descendiente negro.

—Si papá lo sabe —rió ella.

—Pero ni papá ni mamá sabrán jamás nuestros secretos.

—Lucas…

—Dime, amor.

—Te dará la risa cuando me oigas. Yo no sé lo que mis padres hubieran dicho de saber todo eso, pero yo, si tuviese un hijo tuyo y fuese negro, lo amaría lo mismo. Por ser tuyo, Lucas.

—Eres deliciosa.

Y la apretaba de nuevo contra sí buscándole los labios.

—Te querré siempre, Marcela. Es algo que sin duda estaba escrito en mi destino. Y me doy cuenta además, de que fui egoísta, solapado… pero no lo sabía. Cuando te aconsejaba que dejaras a David si no le amabas, sin darme cuenta te estaba buscando para mí.

—Y yo lo dejaba por ti, sin dármela tampoco.

* * *

Durante un año, Marcela dejó el hospital para cuidar de sus hijos, o al menos vigilarles. Aunque al cabo de un año le dijo a su madre:

—Parecen más hijos vuestros que míos, mamá. Yo prefiero el trabajo junto a Lucas. Así que...

—Puedes volver al trabajo —dijo el padre, que la estaba oyendo mientras su nieto mayor hacía gorgoritos subiéndole por las rodillas—. Se termina tu permiso, y como tenemos poco que hacer, tu madre y yo vigilaremos a la nurse.

—¿Dónde está Lucas? Tengo que decírselo.

Gerardo Igualada sonreía plácidamente:

—Con los segadores —dijo—. Sabe llevar la finca. Vaya si sabe... Cuando está en casa de descanso, no cesa. Dirige a todos divinamente, y tienen al capataz bien adiestrado. ¿Sabes, Marcela? Ya no me da pena de vosotros ni de mí. Tengo dos nietos, tengo un yerno formidable. Tengo una hija que se pasa el día en casa, lo cual no ocurría antes. Tengo una esposa que me ayuda a vigilar a los niños.

Marcela ya no le oía.

Estaba más hermosa.

Madura, firme, divina, en su mirada cálida. En los muchos secretos que compartía con su marido.

Tanto tiempo casada. Sin embargo, cuando se ponía a pensar, se imaginaba que hacía sólo dos días. Y es que ella y Lucas, a medida que pasaba el tiempo, a medida que más se conocían, más se necesitaban. Física, moralmente. Anímicamente.

Vestida con traje de montar, pantalón negro, blusa blanca, leguis altos, agitando la fusta, salía a toda prisa.

Tenía que decirle a Lucas que volvía al trabajo.

Lucas la necesitaba en el hospital. Lucas la necesitaba en toda su vida más íntima, más física.

Más espiritual.

Jinete en el pura sangre, recorría la campiña. Allá, a lo lejos, vio a Lucas, erguido en el caballo. Daba órdenes.

Estaban en plena siega. Los tractores y las segadoras iban de un lado a otro sin cesar.

—Lucas —llamó.

El marido giró la cabeza. Al verla, espoleó el caballo.

—Pero, ¿qué haces aquí?

—He decidido volver mañana al trabajo. Los niños van creciendo solos, mis padres están locos con ellos. Yo casi sobro aquí. Y tú me necesitas.

De caballo a caballo, Lucas se inclinó para besarla.

—Gracias, Marcela.

—¿Por qué me las das?

—Por todo. Incluyendo este patrimonio, donde me siento relajado y feliz, y que voy a cuidar plenamente para el futuro de nuestros hijos. Me lo he impuesto, ¿sabes? Por mis dos... defectos.

Ella miró aquí y allá.

—Calla. Eso lo sabemos los dos. Mis padres, no; deja que sean felices así. Y ya están tan encariñados con los niños que les lastimaría saber que eres tú, y no los dos quien no puede darles nietos.

Él rió.

—Una carrera, Marcela. ¡Una galopada! Conozco un sitio. Esto está en manos del capataz, que sabe bien su cometido. ¿Recuerdas aquel día que llovía y nos perdimos en la cueva?

—Sí, claro.

—¿Vamos?

—¿Hoy?

—¿Por qué no?

—Pues vamos.

Y espoleando el caballo, salió a galope, seguida por el trotar del potro de su marido.

* * *

Los caballos pastaban libres en aquel trozo de valle que parecía ocultarse entre montículos. La cabaña, se ocultaba entre dos rocas.

El suelo estaba cubierto de paja.

Lucas llevaba a Marcela asida de la mano. Y le dijo:

—Nadie nos imagina aquí, Marcela. Por eso me gusta este lugar... Siempre que cae una lluvia menuda, recuerdo aquella tarde. Pasábamos por aquí, íbamos casi empapados. Atisbé este lugar, nos escurrimos.

Ya se estaban escurriendo.

—Pero hoy hace sol, Lucas.

—¿Y qué? ¿Hay algo más bonito en el amor que imaginar?

—Pero, contigo —respondió ella quedamente rodeando con sus brazos el cuello de su marido—, la imaginación se queda corta.

—No es eso, Marcela, es que yo vivo el amor con toda la imaginación del mundo. ¿Sabes lo que te digo?

—Pero... ¿me vas a decir aún más cosas?

—Marcela, que me pareces una coqueta.

—Me gusta serlo, Lucas.

—Está bien. También a mí me gusta que lo seas. Pero te diré lo que te iba a decir, si puedo. Nunca pensé de mí que era tan sentimental, hasta conocerte. Y lo maravilloso de todo esto, Marcela, Marcela mía, es que te sigo deseando como el primer día, que te amo como si estuviera empezando, que te necesito como si nunca te tuviera.

La voz se le ahogaba, y es que Marcela se estaba escurriendo bajo él y se apretaba contra su pecho, cruzando sus brazos en torno a éste.

—Marcela.

—Fui yo quien me declaré a ti, quien te persiguió.

—Es que decirte la verdad, era muy duro.

Sus voces se atenuaban.

La emoción los envolvía.

—Me da miedo ser tan feliz, Lucas. Me da miedo.

—Y a mí. Pero, quizá por eso... por eso...

—Di, Lucas.

—Es que ahora no puedo.

Más tarde, sí podía, y decía quedamente, perdida la boca en la garganta femenina:

—Quizá por eso sigo con mi modestia, mi humildad. Y trabajo más que nunca. Es como si pretendiera pagar un poco de la mucha felicidad que recibo.

—Somos seres nobles, Lucas, ¿verdad?

—Somos dichosos juntos, y pienso que cuando se nos pase la pasión, cuando seamos mayores, el recuerdo de estos días, de estos secretos, de estas escapadas, será como si iluminráramos el camino que aún nos queda por recorrer.

—Es que yo no espero que se acabe la pasión.

—Sí, sí, Marcela. Sé realista. Un día nos quedará el cariño, el amor a ratos, la pasión más apagada, pero estaremos juntos.

—Como ahora.

—Sí, como ahora. Ya no se ve nada, Lucas.

—Yo te siento.

—Es noche cerrada. Habrán vuelto todos al cortijo. Pensarán que nos hemos extraviado.

—Y extraviados estamos, Marcela.

—En el amor, en el deseo, Lucas. En todo eso que sentimos aún como si lo conociéramos hoy.

—¿Hay algo más bello?

—No. Nada hay más bello.

—Pero hay que irse, ¿verdad? Es lo que me estás diciendo.

—Sí, Lucas, sí.

La noche era estrellada; la brisa, cálida; los caballos, muy juntos, pacían en la campiña, no muy lejos.

Lucas silbó y los dos potros se acercaron lentamente.

—Volveremos —dijo, mirando ardientemente a su mujer.

—Volveremos, Lucas.

—Esa paja, ese olor a campo, a tierra húmeda, a sol... es como una incitación para mí.

—Sube al caballo, Lucas.

—¿Entramos de nuevo?

—Estás loco.

—Me gusta estar loco a tu lado, Marcela. Siempre ofreces una emoción nueva, un nuevo deseo, una caricia renovada.

Y, asiéndola blandamente contra sí, se fueron de nuevo al interior de la cabaña.

—Pero, Lucas...

—Una vez más tan solo.

—Si no fueras estéril...

—Ya lo sé, ya lo sé. Pero no soy impotente.

Ella rió.

Y su risa, en la oscuridad, tenía como una incitación más viva.

Lucas pensaba que jamás, ¡jamás!, podría serle infiel a Marcela. Y Marcela pensaba que, hombres como Lucas, sólo existía Lucas Heredia.

* * *

David Juncale de la Fuente jamás perdonó que le dejara su novia por un médico sin fortuna, por lo que continuaba atosigando a Mimí, la hermana de Miguel, para que le contara qué cosa sabía, y de la cual se había olvidado, de Lucas Heredia.

Tanto era así, que Mimí, aquel invierno, se fue a Madrid y le preguntó a Miguel por el asunto.

—¿Y a ti qué más te da?

—Estoy muy enamorada de David, Miguel.

—Pero... si es un parásito, que vive divinamente de las rentas de su padre. No entiendo qué cosa te enamoró de David. Es mi amigo, pero jamás lo consideré como a Lucas. Y, además, Lucas es feliz y hace muy feliz a Marcela. ¿Por qué te preocupas? Si David te ama, y no concibo que, conociéndote a ti, no te ame, que se olvide del problema de Lucas.

—Yo —dijo Mimí como distraída, pero lo estaba mucho menos de lo que su hermano pensaba—, os he oído comentar el problema de Lucas. Sin embargo, no soy capaz de acordarme. Tampoco creo que a estas alturas a David le interese el asunto. A fin de cuentas está claro que Marcela y Lucas son felices y que Gerardo y María han aceptado que el joven matrimonio haya adoptado dos niños. ¿Por qué los han adoptado, Mike, si ellos son extremadamente jóvenes y pueden tener hijos propios?

Miguel se sentía cansado. Era médico ya y trabajaba en un hospital de la Seguridad Social. Además, tenía clínica propia con dos amigos más. Por ello se dormía de cansancio, por lo que oír cada noche a Mimí, su hermana, que pasaba con él una temporada, le cargaba en exceso, y dado que Lucas era feliz, le importaba un rábano contar lo que sabía y que consideraba que ya no haría daño a nadie. Estimaba, además, que a la sazón Marcela estaría más que al cabo de la calle de lo que le ocurría a Lucas.

—Si han adoptado dos niños —insistió Mike con acento cansado y tirándose en un diván— será porque ellos no pueden tener hijos. En realidad, Lucas es estéril, pero, dado que han adoptado a Luis y a Neni, comprenderás que los padres de Marcela ya lo saben.

—¡Oh!

—¿Por qué te asombras tanto?

—No, no. No es que me asombre. Es que me parece que herederos ficticios para un patrimonio tal... es algo demencial, ¿no?

—Según se mire. Pero si te digo la verdad —Miguel bostezaba—, es mejor así. Entre tener hijos negros a no tenerlos, mejor no tenerlos.

Mimí cruzó el oído.

—¿Negros?

—Lucas desciende de una familia de color. Por ello bien podían tener un hijo, de no ser él estéril, que no conformara a su suegro. Todo ha salido a pedir de boca.

—¡Ahhh!

—Me voy a la cama, Mimí. Estoy muerto de cansancio y de sueño. ¿Tú, cuándo retornas a casa?

—Mañana mismo. Ya tengo dispuestas las maletas.

—Pues dales un abrazo a los papas y diles que, tan pronto pueda, iré a hacerles una visita. Ah, y si al fin te casas con el petimetre de David, me avisas porque, por mucho trabajo que tenga, iré a tu boda.

Y besando a su hermana Mimí se fue a la cama con la conciencia tranquila, sin percatarse de que había encendido un polvorín…

15

David lo oía todo muy atentamente y sin parpadear, pero su mente diabólica empezaba a urdir algo macabro.

Mimí le daba todo tipo de explicaciones, en particular lo que sabía, que no era mucho, pero sí lo suficiente para que David pudiera maniobrar a su gusto. Él seguía amando a Marcela. Y, por supuesto, Mimí era un instrumento que usaba para llegar a la meta propuesta, y al fin había llegado. No como él deseaba, con todo lujo de detalles, pero sí lo suficiente para extorsionar la felicidad de su ex-novia y de aquel medicucho pobretón.

Decidió tomarse las cosas con calma. Que uno de los dos era estéril, y se refería al matrimonio formado por Lucas y Marcela, era obvio, dada la premura con que adoptaron dos hijos, que a la sazón eran la delicia de los abuelos, y que, por lo visto, se conformaban con la situación.

Tendría paciencia. Llegaría un momento crucial. Además, sabía cómo hacerse con todo el historial de Lucas Heredia, y no lo dudó un instante. Eso sí, no pensaba casarse con Mimí, ni siquiera continuar cortejándola, pues sus miras iban siempre hacia Marcela. No desistiría hasta obtenerla.

Recabó toda la información precisa por medio de un detective privado y después guardó cuidadosamente el historial, esperando tiempos mejores. Que vendrían; vaya si vendrían.

Su hacienda, enorme en verdad y próspera, se hallaba casi pegada por las tapias a la de los Igualada. Solía ver al matrimonio mayor con los nietos adoptivos y con una nurse extranjera que cuidaba a los niños. Marcela y Lucas solían salir muy de mañana hacia el hospital, donde continuaban en sus funciones de enfermera y médico, respectivamente, pero al mediodía retornaban. Era Lucas el que mandaba en aquella heredad. Y parecía saber mandar.

A fin de cuentas, y eso ya lo sabía David perfectamente, había sido hijo de un capataz, al que ayudó en sus faenas en una finca parecida en Brasil. Y por lo que veía, Gerardo Igualada de la Laguna, prefería ser tan sólo abuelo de unos hijos que no había parido su hija y descargaba toda la responsabilidad en su yerno. Sin embargo, David entendía que lo otro lo ignoraba un tipo tan aferrado a su vida tradicional como era Gerardo, e incluso María.

Lo primero que hizo David, sin consultar con sus padres, pues ellos quizá no estuvieran de acuerdo en perder la amistad de Gerardo, del cual eran muy amigos, pese a todo, fue recopilar cuantos documentos tenía al respecto de la procedencia y orígenes de Lucas, y después dar largas al asunto de su matrimonio con Mimí.

Aquel día, en la mesa, oía como distraído la conversación que sostenían sus propios padres.

—Es maravilloso cómo Gerardo y María se encariñaron con esos chicos adoptivos. ¿Son españoles, Inma?

—No lo sé, Jorge.

—Tienen las facciones muy morenas. Yo diría que son hispanoamericanos.

—¿Y qué importa? María y Gerardo los adoran.

—Sí, sí. Ya lo entiendo, y nosotros en su lugar también los adoraríamos, pues visto está que no se ama a las criaturas por ser hijas de tus hijos, sino por criarlos y aprender a amarlos. El trato es lo esencial.

—Sin embargo —dijo la madre, tras un silencio—, es raro que hayan adoptado niños, siendo Marcela tan joven, y su marido le lleva cuatro o cinco años.

—Son cosas que suceden, Jorge. A fin de cuentas son lo bastante ricos para meter en su finca media docena de hijos adoptivos y media docena más de su hija y del esposo.

—Él sabe, ¿eh? —dijo el padre—. Y se las ventila muy bien manejando la hacienda. Se adaptó en seguida a las faenas. Sabe, como nadie, elegir el ganado de lidia, ordenar las siegas y todas las faenas concernientes a la heredad. Y todo eso sin dejar de cumplir con su deber de médico social. Es jefe de equipo, y ya ves cómo trabajan los dos. La verdad, te digo, Inma, que me encanta ese muchacho. Tiene todo el carisma de hombre serio, formal, trabajador al máximo. No está viviendo a costa de su mujer, y menos a la de su suegro —miró a su hijo—. David, pienso que te has perdido una mujer formidable, y todo por no saber atraparla a su debido tiempo.

David hizo un gesto vago. Tenía en su mente empezar a maniobrar cuanto antes en contra de su rival.

—Tampoco está mal Mimí, David. Ya veremos cuándo decides al fin formalizar las relaciones y te casas con ella. La queremos mucho. No es rica como Marcela, pero tampoco nosotros necesitamos fortunas considerables; nos es suficiente una mujer joven que te ame y te considere.

David no les dijo que sus relaciones con Mimí estaban tocando a su fin. ¿Para qué darles aquel disgusto? Él seguía amando a Marcela, y poco iba a poder o conseguiría divorciarla de Lucas y casarse con ella, como fue siempre su deseo.

Puso expresión inocente y decidió que no les desengañaría aún, pero sí que empezaría a funcionar en lo que para él era el único cometido de su vida.

—Un día me casaré, pero tengo tiempo, mamá. Mimí es encantadora.

Y luego se levantó, tras saludar a ambos con una de sus diáfanas sonrisas.

* * *

Marcela no se atrevía a decírselo a Lucas, y menos a sus padres, que ya se habían hecho a la idea, pero...

Andaba mohína, pensativa y disgustada. Si ocurría algo irreparable en aquel sentido. Porque ella no había hecho el amor más que con Lucas. Lo de David quedaba demasiado lejos.

Pero la cosa estaba allí. Además, se había hecho una prueba casera, y con un amigo químico que tenía en un laboratorio se estaba haciendo ya la definitiva. ¿Cómo podía ocurrir? Pues ocurría, dijera lo que dijera Lucas.

Aquella mañana decidió quedarse en el lecho. No tenía fuerzas para averiguar lo que su amigo químico tenía que decirle y menos confesarle a Lucas que, por la razón que fuera, se había equivocado.

—Te encuentro perezosa, Marcela —dijo Lucas desde el baño, cuya puerta mantenía abierta, pero a él no se le veía. Marcela escuchaba el zumbido del agua al azotar el cuerpo bruñido—. ¿Te cansas de ser enfermera? Porque a fin de cuentas, trabajas en mi equipo y tenemos las mismas horas. No seas vaga y levántate. Hace dos días que faltas, que te quedas en casa.

—Prefiero estar con los chicos.

Lucas asomó la cabeza, de negros y abundantes cabellos, mojada.

—Si tus padres parecen haberlos parido. Los adoran. Además, son chicos formidables. Luis, con sus tres años, casi entiende todo, y Neni, con dos, imita a su hermano.

—Déjame quedarme en casa esta mañana, Lucas.

—¿Te sucede algo?

Lucas apareció ya medio vestido y abrochándose la camisa, con los pantalones de pana medio cayéndosele.

—No te entiendo, Marcela. Te aseguro que cada día menos, y es que de un tiempo a esta parte, desde aquel día que pasamos en el pajar, andas mohína y silenciosa.

—Lucas... es que... Bueno, nada. Ya te lo diré al regreso.

—O sea, que no vienes al hospital.

—Discúlpame como puedas. Di que tengo anginas, catarro, lo que te acomode.

Lucas se acercó a ella y se sentó en el borde del ancho lecho que compartían a diario.

—No te entiendo, Marcela. Es la primera vez, desde que nos casamos, que no comprendo el porqué de tu vagancia, de tu apatía, de tus silencios.

Y la besó cuidadoso.

—No tengo inconveniente en que te quedes en casa, en que pidas, incluso, excedencia por algún tiempo. Me parecería normal. Pero que no me digas las razones, ya lo entiendo menos. Verás, me gusta el campo y me gusta el hospital, mi vocación. Pero cuando retorno del hospital me olvido de mi vocación y me dedico a ayudar a tu padre. Me encanta ser labrador, ver por mí mismo cómo funciona todo. Si te digo la verdad, eso me recuerda a mi padre cuando allá, en Brasil, llevaba todo el peso de una hacienda de café, parecida a ésta, pero dedicada a otras cosas —la besó reverencioso, buscándole la boca abierta con delirio—. Te adoro, Marcela. Sabes de mí tanto como yo. Por eso te digo que soy uno de los mejores amigos de tu padre. Él también me entiende, y estima en su total valor o desvalorizado, mi esterilidad. ¿Por qué no, a fin de cuentas? Te hago feliz. Nada tiene que ver la esterilidad con la impotencia. Yo soy potente. Eso lo sabes tú perfectamente. ¿Me reprochas ahora, después de vivir todo este tiempo, el no poder ser padre de un hijo de los dos?

Marcela se aferró a su cuello.

No quería decirle, pero un día no tendría más remedio.

¿Quién había estudiado debidamente el caso estéril de Lucas? Acaso los estudiantes, porque Lucas no era estéril. Y no lo era porque, según ella pensaba, estaba embarazada. Y si no había hecho el amor más que con Lucas, lógico que el hijo que esperaba fuera de ambos. Pero... ¿cómo decírselo a Lucas llevando, como llevaba aquel rastro posterior, o anterior, que era aún peor, según él mismo consideraba? Ella no lo consideraba así, y es que no era racista, y si tenía un hijo negro, lo tenía y en paz. Pero, ¿cómo tomaría Lucas aquella situación, aquella circunstancia?

—Estás temblando, Marcela. ¿Te ocurre algo que yo ignore?

—No, no.

Pero, sí, sí. Y no lo diría hasta no estar plenamente segura, y segura no lo estaría hasta que Jaime, el químico del laboratorio privado, no se lo dijera.

Lo que no sabía aún era cómo decírselo a Lucas si todo resultaba positivo.

—Si hasta tienes los ojos húmedos —se alarmó Lucas—. ¿Qué sucede, amor? Dime, dime, ¿qué está pasando en ti? ¿Te he molestado en algo? ¿Te he faltado?

Marcela sólo sabía apretarse contra él y sentía la humedad del pelo de Lucas en su sien y en su garganta, en sus senos.

Lo apretaba como si tuviera miedo de perderlo.

La separó un poco y la miró a los ojos. Los de él eran negros como el carbón y decían mil cosas bonitas sin que los labios se abrieran. Los melados de Marcela no decían nada, pero se humedecían cada vez más. Era la primera vez que Lucas veía llorar a su mujer. Y le emocionaba hasta extremos insospechados.

—Marcela, te ocurre algo.

—Nada, Lucas.

—Pero si estás llorando.

—Verás que sólo es una ráfaga de misticismo. Se me pasará.

—¿Te hice yo algo sin saberlo?

—Claro que no.

Y después intentó convencerle. Logró tranquilizarlo. Y como el tiempo transcurría, Lucas se tuvo que ir.

Marcela entonces sollozó, ocultando la cara en la almohada que ella y Lucas compartían todas las noches. No lo sentía por ella. ¡Oh, no! Pero sí por Lucas, y no sabía qué dirían sus padres si nacía un hijo negro, porque ella, sin ser racista, sabía que sus padres preferían mil hijos adoptivos que un hijo legítimo negro. O tal vez se equivocaba, pero ante la incertidumbre de dañar a Lucas hubiera deseado no ser madre de un hijo de su marido.

16

Jaime Roca la recibió en su despacho del laboratorio y la miraba sonriente, porque, a fin de cuentas, el hecho de que su amiga Marcela tuviera un hijo propio le llenaba de gozo. Él era amigo de Lucas, como era amigo de toda la pandilla que en su día compartió Marcela.

—Oye —le dijo nada más verla—, es positivo. Estás embarazada, y bien embarazada.

Marcela cayó sentada y miró a Jaime como si éste fuese un fantasma.

—¿Seguro? —sólo acertó a decir.

—Segurísimo. Lucas se pondrá como loco cuando se entere.

Marcela engulló saliva.

—Pero tú no se lo vas a decir, Jaime.

—Claro que no. Eso son cosas de las esposas, que tienen que dar la buena nueva al marido. Yo aquí sólo soy un técnico. Tú, como enfermera especializada, puedes ver las pruebas. Son muy concretas y claras.

—Pero...

—¿Pero?

—No, nada.

Y es que no podía descubrir el secreto que tanto guardaban ella y Lucas. Pero es que una cosa era ella; otra Lucas, y otra la que podía venir en aquel hijo.

—Marcela —dijo Jaime, desconcertado—, tal se diría que no te hago feliz con la noticia.

Nada. Y nada por Lucas, no por ella. Lucas se moriría de pena, dado que se casó convencido de que era estéril y que jamás tendría que tocar aquel tema, que sólo conocían los dos.

—No entiendo por qué, siendo tan joven, has adoptado dos niños —dijo Jaime, desconcertado—. Si, dada tu edad, aún puedes tener una docena.

—Gracias, Jaime.

—Te vas como si te apalearan. Yo te di la noticia que una esposa espera con ansiedad.

¡Qué sabía Jaime! ¡Y qué sabía nadie!

Lucas y ella tan sólo. Y sería, a no dudar, un trauma para ambos. Ella, por el dolor que le causaría a Lucas, y Lucas, por todo lo que le rodeaba y que ya se consideraba integrado en la familia.

No importaban los hijos adoptivos. ¡Eso no! Ella adoraba a Luis y a Neni, pero todo lo demás era muy aparte y muy traumatizante para Lucas, cuando se enterara. Y mejor decírselo ella que los demás.

Tampoco podía imponer a Jaime un silencio absoluto. ¿A qué fin? Pensaría que no deseaba un hijo de Lucas. Para ella, fuera negro, gris o verde, era hijo de los dos, y lo adoraría. Pero no estaba segura de lo que Lucas pensaría lo mismo sobre el particular.

Y no por Lucas, sino por todo cuanto de tradicional le rodeaba, porque sabía que, si por Lucas fuera, prefería tener media docena negros que dos adoptivos.

Retornó a casa desmadejada. Y no por ella. ¡No! Qué más deseaba ella que los estudiantes se hubiesen equivocado y que Lucas no fuera estéril, aunque le diera media docena de tribus. No era eso. Era que temía perder a Lucas, y que sus propios padres, que ignoraban todo aquello referente a su marido, se soliviantaran. Pues, si eso ocurría, ella no dejaría jamás a Lucas y se iría con él, como se fue de soltera a vivir sola. Al menos tendría un compañero al que amaba más que a su vida.

Cuando llegó a casa, la nurse cuidaba de Luis y Neni. Se acercó a ellos. Nunca los quiso tanto, y es que los quería de verdad, aunque parecieran más hijos de sus padres que de ella.

¿Y si les contara a sus padres la verdad? Sería duro, lo sabía. «Papá, mamá —podría decir—, estoy embarazada. Eso de la esterilidad de Lucas fue un cuento o cosa de estudiantes. Pero resulta que hay más cosas: el hijo que espero puede ser negro o mulato, porque Lucas perteneció a una familia de color.»

No se sentía con fuerzas. Y es que temía siempre la tradición de sus padres, que si bien cedieron en su momento, en el actual ella no sabía... Además pensaba que el primero en saber la realidad tendría que ser Lucas.

Los abrazó únicamente. A los niños. Luis tenía el pelo rubio; sabe Dios de dónde procedía. Se lo dieron en adopción en un asilo de madres solteras. Y Neni era morena, con el pelo negro y los ojos marrones, pero encantadora, con sus dos años y hablando a medias. Los dos se abrazaron a ella delante de la nurse y de sus padres, que los miraban embobados.

Después los soltó y salió a toda prisa, subiendo de dos en dos los escalones. No sabía si prefería abortar y si dejar aquel problema en suspenso, sin acordarse más de él. Pero estaba allí, y Lucas tenía que saberlo y saber que, de estéril, nada de nada.

¿O quizá la esterilidad se había disipado con la fuerza del amor? Eso no podía ser. O se era estéril o no se era, y, evidentemente, Lucas no lo era, pese a ser médico y tener una certeza a todas luces equivocada. También podía ocurrir que Lucas siguiera pensando que era eficiente su esterilidad y creyera que ella había hecho el amor con otro hombre, pero, dada la humanidad y la inteligencia de su marido y el amor que le tenía, no cabía semejante aberración.

No bajó a comer. No soportaba comer sin Lucas y con sus padres, que observarían su decaimiento, sus ojeras y que quizá pensaran que Lucas no la hacía feliz, cuando era todo, ¡absolutamente!, lo contrario.

Se disculpó aduciendo dolor de cabeza y se tendió en el ancho lecho que todas las noches compartía con su marido.

A media tarde acudió su madre.

—Marcela.

—Pasa, mamá.

Y es que no podía poner de manifiesto su angustia y su temor.

Temor de perder a Lucas; sólo eso. Porque tener el hijo, fuera del color que fuera, no le importaba. Era de Lucas y de ella, de sus regodeos en la casita llena de paja que olía a humedad, a calor, a hierba seca, a erotismo y a goce infinito vivido con su marido.

* * *

—A mí —dijo María, sentándose en el borde del lecho— me parece que algo desusado te ocurre.

—Nada, mamá.

—¿Lucas?

—¿Lucas, mamá? Es el hombre más bueno, noble y humano del mundo, y le adoro.

—Pues no me asombra, porque tanto tu padre como yo estamos muy contentos de que sea tu marido. Pero tú andas estos días rara, Marcela. Como si algo gravitara sobre tu cabeza y te hiriera el cerebro. Además, no has ido al hospital, y eso es muy raro en ti. Sin embargo, has salido y has vuelto mustia. Dime qué te sucede, Marcela.

—Te digo que nada, mamá.

—Si vi tus ojos llenos de lágrimas cuando abrazabas a tus hijos.

¡Hijos!

Sí, sí, los quería como tales, pero ella llevaba uno más en sus entrañas, y éste…

—Me emociono con facilidad, mamá. Eso es todo. Soy sensible; tú lo sabes. Y viendo a mis hijos adoptivos me convierto en hipersensible. Me da pena pensar en las madres que dejaron a esos hijos solos, cuando yo daría tanto por tener uno propio.

—Pero sabes que eso no es posible, Marcela. Y no me digas que ahora te vas a atormentar, y que vas a atormentar a Lucas por la situación creada, cuando sabemos todos, y nosotros, tus padres, estuvimos de acuerdo en que te casaras. No entendemos bien a la juventud actual, pero la aceptamos porque tú estás entre ella. Sería horrible que, ahora que te considerábamos feliz, desertaras en cuanto a la situación de Lucas. Te casaste sabiéndola, y nosotros la asumimos, y adoramos a los hijos que nos has dado. ¿Por qué te muestras así de retraída? Déjalo todo tal cual está y piensa que esos hijos los has parido tú. Lucas es un hombre estupendo. Te adora. Y nosotros, por su modo de ser, le adoramos a él. Si ahora nos sales diciendo que no eres feliz, nos sentiremos desdichados.

—Pero, mamá, si soy feliz. Plena y locamente feliz.

—Pero tu cara, la expresión de tus ojos, que para nosotros siempre fue un libro abierto, es una cerradura.

Y para ella.

Para ella, mientras no le dijera a Lucas lo que sucedía.

—Lucas es —dijo María, totalmente convencida— la persona idónea que tu padre necesita para la hacienda. Tiene mucho mérito, porque no por atenderla, y me refiero a la hacienda, deja su vocación. Eso es tener mucho mérito, Marcela.

Has sabido elegir marido. No pienses que es fácil que una misma persona sepa y quiera atender dos situaciones distintas, y Lucas sabe. Eso es meritorio. Y, pese a que tu padre es bastante recto, como decís ahora, es amigo íntimo de Lucas y le admira por la labor que hace en la hacienda y en el hospital. No entiendo, pues, por qué andas tú así callada y mohína, desarbolada, como si te faltara algo y te sobrara mucho. Y si bien cuando salías con David yo pensaba que podíamos hacernos con dos haciendas poderosas, ahora ya sé que mejor es tener una y tenerla debidamente.

La dejaba hablar. ¿Para qué contenerla? Sabía el concepto que tenían de Lucas, pero ella se preguntaba qué diría Lucas cuando supiera que no era estéril, porque no entendía que su marido dudara de su integridad moral. Y, además, sabía ya que no dudaría.

Se haría un reconocimiento nuevo y llegaría a la conclusión de que podía ser padre.

Todo lo demás quedaba lejos, ahogado, deslizado en un olvido que ambos intentaban y ya no iban a poder.

Su madre se fue con su retórica. Ella se mantuvo allí, relajada, pero en el fondo crispada. Decirle a Lucas lo que ocurría sería duro. Más duro para Lucas que para ella, porque, para evitar sorpresas y dado como él era de íntegro, diría la verdad a sus padres, pero ella no sabía aún cómo lo aceptarían.

Oyó el motor del auto de Lucas y saltó del lecho. Intentaba recuperarse, mantenerse en forma, liberarse de pesadillas.

Lucas entró en seguida. Venía vestido como un ejecutivo. Al verla a ella de pie se acercó y la apretó contra sí.

La besó en la boca. ¡Sus besos!

Eran como llagas, como quemazones, como promesas silenciosas, pero promesas, al fin y al cabo.

¿Decirlo en aquel instante?

No podía.

No se sentía con fuerzas para dañarlo.

—Tengo que ir al campo con tu padre. Me está esperando. La siega está en su apogeo. Y hay dudas en cuanto a la frescura del trigo.

—Ve, ve.

—Te veo tan apática.

—Es el cansancio.

—¿De qué?

—No sé.

—Marcela, hace semanas que vienes vacilante. ¿Nos pasa algo a los dos, o es a ti?

No era el momento de decirle la verdad. De demostrarle con un documento escrito por Jaime que iba a ser madre. No, no era el momento.

—Luego nos veremos.

Y él dijo malicioso:

—¿En aquel pajar? Verás, es que al regreso de los campos me suelo desviar de tu padre. Él vuelve a casa. Yo prefiero aquel lugar. ¿Irás? ¿Me esperarás allí?

—Sí, sí, sí.

—Pues hasta luego.

Rápidamente se cambió de ropa. Se puso el traje de montar, que era el de su faena de cada día.

17

Jaime Roca solía pasar por un club a cierta hora tardía de la mañana porque le gustaba la hípica. Por allí andaban sus amigos de toda la vida. Poseía un caballo semental, el cual montaba más por afición que por deporte, porque él tenía bastante con el laboratorio y sus aficiones. Pero en modo alguno era un hípico consumado. Le gustaba y montaba a su semental, pero poco más.

Aquella mañana se quedó en el bar del club tomando un martini. Después daría su paseo habitual, encerraría al potro y se iría a su casa. Vivía amancebado con una chica con la cual se casaría, pero aún no le había entrado la chaladura de hacerlo. Era su expresión cuando alguien le preguntaba cuándo se casaba con su mujer abogado que, además, ejercía con un grupo de colegas en asuntos laborales.

David se le acercó remiso, como hacía siempre, y es que Jaime Roca pensaba de su amigo de pandilla que desde que Marcela lo plantó se había convertido en un gatuno.

—¿Qué tal, Jaime?

—Hola, David —y de súbito recordando algo que no tenía por qué ser secreto profesional—. Mira por dónde, después de adoptar dos niños, tu ex-novia está embarazada.

David no denotó su asombro.

Si Lucas era estéril. Eso nadie lo ignoraba.

—Ah, ¿sí?

—Pues sí. Menuda alegría se llevarán los padres y el marido. Chico, te has perdido una tía de verdad. Una mujer plena. Yo sigo preguntándome por qué, siendo tan hábil, la dejaste escapar.

—Dejé de amarla —dijo David, relamiéndose por lo que acababa de saber.

—¿De verdad?

—Bueno, tú verás. Uno decide la vida de una manera, y vienen los sentimientos y dicen otra cosa.

—Puede, sí, claro que puede.

—Y me dices que ahora está embarazada.

—Pues sí. Y eso que se decía por ahí que el marido era estéril. Pues tiene un embarazo como una casa.

—Lucas andará como loco.

—Eso supongo. Un estupendo hombre, digo yo, ese Lucas. Podría vivir como un rey, y ahí lo ves dedicado a su profesión. Y en los ratos libres a la hacienda de su suegro. No me asombra nada que Gerardo le adore.

Y como alguien llegaba diciéndole que su semental estaba dispuesto, se fue agitando la fusta.

David se quedó allí. De modo que... ¡Vaya, vaya! Un buen argumento para un drama, ¿no? ¿Qué diría Gerardo Igualada de la Laguna cuando se enterara? Porque se iba a enterar. ¡Vaya que sí!

Se fue agazapado y con la mente calenturienta. Se cerró en el despacho del club y no dudó en escribir aquello. ¿Por qué no, a fin de cuentas? Le habían dañado, y mucho, pues que cada cual recibiera su pago y el coste que a él le había costado a su vez hacerse el tonto y el desapasionado.

Porque decir que había tenido relaciones íntimas con Marcela ya no serviría de nada teniendo su ex-novia un marido que pasaba de antigüedades. Por tanto, lo mejor era atacar a los padres. ¿Por qué no?

Él decidía su revancha; después, que cada cual cargara con sus lacras, que él también las tenía y las soportaba. Sobre todo, el desdén manifiesto de Marcela.

Buscó una máquina, que encontró en seguida. Era neutra y, por supuesto, no pertenecía a su casa, por lo cual jamás podrían identificarlo.

Escribió corto y sabiamente. Se puso el sobre en el bolsillo y salió del club en dirección a correos.

No dudó en introducir el sobre en aquella boca abierta.

«Allá que te vaya bien», pensó.

Y tranquilo, sosegado, gatuno como era, retornó al club, como si jamás hubiese roto un plato, y no cabe duda de que estaba intentando, ¡al menos intentando!, romper la armonía de una familia.

Al anochecer decidió jugar una partida de póker con su pandilla. Ya no le interesaba Mimí. A fin de cuentas había sabido por ella cuanto necesitaba. Su compromiso quedaba en suspenso, pues aún, y pese a todo, esperaba conseguir a Marcela. Nunca pensó que la deseara tanto, pero el caso es que la deseaba como un bárbaro y esperaba tenerla.

Perdió la partida, pero pensaba que ganaba otra mejor.

* * *

Tenía que decírselo a Lucas, pero carecía de tiempo, porque Lucas cuando llegaba del hospital se iba al campo a caballo, con su suegro. Retornaban a la casa ya entrada la noche. Además, aquellos días tenía lugar la siega, la separación del trigo y el centeno. También había que seleccionar los toros de lidia. Por otra parte, ella misma temía decirle a Lucas lo que le ocurría.

«Mañana me voy con él al hospital y se lo digo», pensaba; entretanto, con ayuda de su madre y de la nurse, bañaba a Luis y a Neni. Dos chicos formidables, de tres y dos años, encantadores y ansiosos de ternura, esperando que alguien se la diera, y Marcela, juntamente con su madre, se la daba.

Cuando los niños quedaron en sus lechos, separados por una mesita de noche y atendidos por la nurse, María asió a Marcela por un brazo.

—Te ocurre algo —dijo, sin preguntar.

Marcela Iba a su lado hacia el salón.

—No, mamá.

—¿Me pretendes engañar?

—Es que no me pasa nada. Ando un poco desquiciada, o quizá sólo aturdida.

—¿Y qué razones hay? Tienes un marido estupendo. Un padre magnífico. Una madre que te atiende. Dos hijos adoptivos que lo son todo para nosotros. ¿Qué puede ocurrirte?

Demasiadas cosas. No las suyas con los demás. Las suyas con relación a su esposo. Además, todo cuanto sus padres ignoraban, y la situación actual por la cual ella atravesaba y le placía atravesar, no sabía aún cómo la acogería Lucas, sabiendo cuanto sabía de sus orígenes.

—Mamá —dijo de repente—, ¿sabes que estoy pensando?

—Si tú no me lo dices, Marcela.

—Adoptar otro niño.

—Bueno, tampoco es malo. ¿Por qué no? Tu padre, cuantos más nietos tenga, mejor.

—Pero esta vez lo prefiero de color.

—¿Negrito?

—O mulato.

María abrió mucho los ojos, pero no pareció encogerse ni irritarse.

—Tendrás que pensar en lo que dice Lucas, Marcela.

—¿Es lo que tan mohína te tiene?

—En cierto modo.

—Mira, Marcela, yo puedo hablar por mí, y casi, casi por tu padre. Entendemos que los niños, sean blancos o negros, son humanos y nada más que humanos. Si quieres adoptar uno negro o mulato, es cosa de vosotros dos. Nosotros, tu padre y yo, seguro que nada diremos. Te aseguro esto porque ya pudimos decir cuando te fuiste a vivir sola, o cuando luego te casaste con un marido estéril. ¿Qué más podemos oponer? Hemos cedido en todo, por lo cual, cuanto digas ahora ya carece de importancia. Pero eso sí, lo has de consultar con tu esposo. Él es quien tiene que decir.

¡Pobre mamá! ¡Si ella supiera!

—Tengo que irme —añadió la madre—. Pronto llegarán. Y Remi seguramente que aún no ha puesto la mesa.

—Iré contigo, mamá.

Y es que de súbito sentía una ternura especial por su madre. Por todo cuanto decía, por todo cuanto cedía, por todo cuanto esperaba de Lucas.

Al cruzar el vestíbulo, María se detuvo.

—¡Puaff, cuánto correo!

Y empezó a pasar cartas. De bancos, de propaganda, particulares.

—Mira, Marcela.

—¿El qué, mamá?

—Una carta que no pone remite.

—Si es para papá.

—Lo sé.

Pues déjala con las otras.

—Eso hago. Pero es extraño. Viene sellada aquí, en la ciudad.

—¿Y qué? ¿Es que papá no recibe cartas selladas en la ciudad?

—Sí, sí, pero me asombra.

La dejó con las demás. Ambas cruzaron hacia el salón esperando que llegaran sus respectivos maridos.

Remi tenía ya puesta la mesa. Dos doncellas disponían el servicio.

—Me parece que siento los caballos. Están regresando —miró su reloj de pulsera—. Es muy tarde. Tu padre trabaja mucho, pero Lucas más aún, por tenerlo que hacer en el hospital el resto del día.

18

Gerardo, pareces muy raro. ¿Qué dicen esas cartas? Mudamente el marido le mostró una.

—Es anónima —dijo con ronco acento—. Fíjate bien en lo que dice.

María no tomó el sobre; sí el pliego corto y sin remite.

—¡Dios mío! —murmuró—. ¿Qué opinas tú?

Gerardo se había sentado en el borde del lecho, donde ya su esposa se hallaba acostada. Miraba al frente y mantenía la pipa apagada apretada entre los dientes. Sus labios se curvaban hacia arriba.

—O es una calumnia asquerosa o es una noticia cierta. Ambas formas de comunicar algo que ignoramos resulta repulsivo. Pero no digas nada. Lo sabemos y en paz.

—Es que son dos noticias contradictorias, y malignas, Gerardo. Si Lucas es estéril, que fue lo primero que nos dijeron nuestros hijos, Marcela y él, su marido, y la carta asegura que Marcela espera un hijo... y que, además, puede ser negro. Gerardo, tómate las cosas con calma y escúchame. Ahora que leo este anónimo pienso que... algo hay de cierto. Verás...

—No quiero ver, María. No me da la gana de ver. Debajo de un anónimo de ese tipo siempre se esconde la envidia o el odio, y no acepto ninguna de ellas. He de pensar, y mientras Lucas no me diga lo que ocurre, yo no sabré nada.

—Nosotros ignorábamos que los orígenes de Lucas...

Gerardo se levantó y empezó a llenar la cazoleta con tabaco de hebra. Se mantenía firme, enhiesto casi. Su mujer le miraba desconcertada. Gerardo, tan tradicionalista, no parecía herido por el contenido de la carta, sino por cosas más íntimas que no decía y, por supuesto, nunca en contra de Lucas, eso se notaba a la legua.

—No estoy dispuesto a perder a mi hija y a los hijos adoptivos que me han traído. Y si ahora Marcela está embarazada, ten por seguro que Lucas aún lo ignora, y que su esterilidad era fruto de su imaginación. En cuanto a lo otro, mientras él no me lo diga, yo no abriré los labios al respecto.

—Le admiras mucho, Gerardo.

—Todo lo que un hombre puede admirar a otro hombre de bien.

Y sin más, prendió su fósforo y puso el anónimo encima, de modo que en dos segundos se convirtió en cenizas sobre un recipiente de cristal.

—Eso es lo que hago con tales noticias.

María respiró hondamente, mirando cegadora a su marido, que fumaba su pipa y cada vez se encendía más la llama de ésta.

—Gerardo, creo que eso del embarazo es verdad.

—Pues, como si fuera mentira, mientras no nos lo confirmen Lucas y Marcela. Y estoy seguro, y esa esperanza tengo, que sean los dos a la vez quienes nos lo digan y añadan eso de los orígenes que decía el asqueroso papel. Mira, María —y volvió a sentarse en el borde del lecho—, tenemos una sola hija, y estoy feliz de tener un yerno como Lucas. No sabría qué hacer sin él. Es mi continuador. Yo soy como soy, pero el cariño a las personas que están tan cerca de uno supera todo resentimiento, todo prejuicio. Tú supones que Marcela está embarazada, pero estoy seguro de que Lucas lo ignora. Te diré por qué lo pienso así. Lucas es un tipo sincero y verdadero, realista al máximo. De saber que esperaba un hijo de su mujer, me lo hubiese dicho y hasta me hubiese pedido parecer y terminaría comunicándome su inquietud referente a sus orígenes. Hay veces —añadió, pensativo, como si se diera una razón a sí mismo—

que todo te parece negro y te niegas a aceptarlo. Luego vas conociendo a esas personas que tan negras te parecieron y las ves blancas, dignas, estupendas. El cariño lima asperezas, perdona todo tipo de ocultaciones. Si es cierto que Lucas tiene orígenes diferentes, pues que los tenga. Yo pensaba de modo muy diferente hace años. Hoy, ante perder a mi hija, todo me parece aceptable. Y, por supuesto, tendré que oír primero a Lucas, con su voz y su gesto. Y sabrás que yo lo considero el mejor continuador de mi casta.

—¡Cuánto hemos cambiado, Gerardo!

—Es lógico. Tenemos dos nietos. Son adoptivos, pues bueno. Los quiero como si fueran paridos por Marcela. La vida evoluciona: lógico que los evolutivos sepan adaptarse a la nueva situación. Yo quiero saber, y estoy aprendiendo.

—Marcela me preguntó esta mañana sobre adoptar otro niño y que éste fuera negro.

—Es lógico. Si teme. Si es cierto que está embarazada, es que la esterilidad de su marido fue descubierta de una forma elemental, cuando todos eran estudiantes y no sabían de la misa la media. Pero yo no diré nada, ¿me oyes, María? Ni tú. Esperaremos. Estoy seguro de que Lucas hablará y dirá eso que, al parecer, puede ser cierto, pero que a mí no me interesa en absoluto.

—Quizá Lucas, al saberlo, no se atreva a decírtelo.

—Te equivocas. Lucas es un señor. Y sea del origen que sea, es sincero, ante todo y sobre todo, y no juega a petimetre sin sentido —se deslizó ya en el lecho con su mujer—. Nosotros a callar, María. Si algo hay que decir, ellos lo dirán. Verás que acierto, y más incluso que Marcela, y que el mismo Lucas. Alguien anda por ahí haciendo daño por envidia, por frustración, por dañar a los demás. Pues tendrá que aguantarse, porque yo no pienso abrir los labios. Y cuando Lucas me hable, que lo hará, estoy seguro de ello, ya sabré qué decirle —ya se hallaba acostado junto a su esposa y había apagado la pipa—. La vida es corta, María, por larga que parezca, y los de uno han de seguir siendo de uno. Con defectos y virtudes, con delitos y diafanidades. No pienso perder a mi hija, ni a Lucas, que si pierdo a uno también pierdo al otro. Ni estoy dispuesto a ser comodín de la maledicencia ajena. Ahora duerme, que mañana será otro día y puede traer cosas nuevas y positivas. Si, al contrario de lo que pienso, son negativas, tendremos que aceptarlas, porque son muy nuestras.

* * *

—No has ido a la casita del pajar —le reprochó Lucas saliendo del baño aún mojado y frotándose con una enorme toalla—. Me desvié de la ruta de tu padre y me fui allí, y esperé, pero tú no acudiste —allí mismo se despojó de la toalla y la llevó al baño, regresando enfundado en un pijama azul de popelín—. Marcela, de unas semanas a esta parte estás muy diferente. Me pregunto si en algún momento de tu vida, en estos últimos tiempos, te ha pesado haberte casado conmigo.

Se deslizó a su lado. Marcela se acodó para mirarlo.

—Nunca, Lucas.

—Pues no lo entiendo.

—Me gustaría hablar de algo muy íntimo, Lucas. Algo que llevo pensando —mentí— días y días.

—¿Como qué?

—Pues verás... Esa esterilidad de la cual hablas siempre. ¿Quién te hizo la exploración?

—¿Qué dices?

—Yo no digo, Lucas, te pregunto. Llevamos casados algunos años, no muchos, pero sí los suficientes, y nunca hemos tocado ese punto tan esencial.

Lucas se sentó en el ancho lecho y miró a su mujer con expresión cansada.

—Es algo tan viejo ya. Pienso que estudiaba tercero de carrera. Nos gustaba a los compañeros de piso hacernos exámenes mutuamente —y de súbito, alarmado—. ¿Por qué sacas a colación algo tan sabido y tan viejo, Marcela?

—Te pregunto. ¿No puedo? Porque si fue un examen rutinario, pudo resultar falso, carente de solidez.

—Jamás me hubiera casado con una mujer como tú si no hubiese tenido la seguridad.

—Sí, sí, estoy de acuerdo. Pero si el examen a que fuiste sometido no fue exhaustivo, sino rutinario entre estudiantes de medicina, no me merece credibilidad.

—¿Y por qué, a estas alturas, dices eso? Ya tenemos dos hijos, tus padres los adoran y yo los considero como si tú los hubieses parido. Además —añadió roncamente, tirándose hacia atrás y quedando casi pegado a su mujer—, mejor es así. Así, porque, de ser diferente, jamás me habría casado con una mujer como tú; eso ya lo sabes. ¿A qué fin, ese tipo de preguntas a tales alturas?

—Si yo te pidiera algo, ¿lo harías, Lucas?

—¿Como qué?

—Hazte un reconocimiento a fondo con tus compañeros.

—Pero...

—Te lo pido, Lucas.

—Marcela, no me asustes. ¿Qué cosa está pasando que yo ignoro? Porque, mira —y se pasó los dedos por el pelo, aún húmedo, separando unos cabellos de otros al introducir desesperadamente los dedos en él—, si me dicen que no soy estéril, me muero de pena.

—No puedes renunciar jamás a tus orígenes, Lucas.

—¿Qué dices? —y parecía desesperado—. Oye, que tus padres a mí me merecen el máximo respeto, y hubo algo que les hemos ocultado.

—Lo sé, Lucas, lo sé.

—¿Otra vez llorando, Marcela?

No lo podía remediar. Y no por ella; por él. Por todo lo que Lucas podía sufrir y sin duda ya empezaba a hacerlo.

—Sé sincera conmigo, Marcela —pidió roncamente, ahogándose por la impotencia—. Sé sincera. Lo más bonito en nuestra relación fue siempre la sinceridad, de modo que si sabes algo no me lo ocultes.

—Es que estoy embarazada, Lucas.

Así de sopetón. Además, sabía ya que Lucas no iba a dudar de ella y de las relaciones extramatrimoniales que pudiera haber tenido. Ni pensarlo siquiera.

Lucas quedó tenso. Se sentó de nuevo en el lecho.

—¡Embarazada!

—Sí. Y con un embarazo muy firme, muy sólido, muy lógico, a mi edad. Y no me digas si hice el amor con otro hombre, porque me ofenderías tanto que no sabría perdonártelo.

Lucas sudaba. El pelo, que había estado húmedo al principio, ya se hallaba seco, pero en la raíz del cabello aparecían gotas de frío sudor.

—Marcela, nunca dudaría de ti —y la abrazó desesperado—, pero lo que dices... rompería la armonía, me menguaría, me dejaría convertido en nada.

—Eso sería para los demás —siseó Marcela, alisando el alborotado cabello de su marido—, para mí, ¡jamás! Y no siendo para mí, si tuviéramos que dejar este paraíso, lo dejaríamos. Todo depende de mis padres.

—Pero es que yo no puedo engañarlos.

—Pues di la verdad. Puedes ir a ver a Jaime Roca. Él me dio la noticia. Además, yo ya lo sabía. Ése fue el motivo de retraerme. Tenía miedo. Digamos que lo tuve, pero ya no lo tengo. A fin de cuentas, si todo se pone feo y tengo un hijo de color, tomaría de la mano a los dos adoptivos, nos iríamos y trabajaríamos los dos para mantenerlos.

—Marcela, Marcela. —y la besaba, perdiendo un poco su ecuánime modo de ser—. Marcela, ¿es posible?

—No te engañé jamás, Lucas. ¡Eso, creo que tú lo sabes!

La besó reverencioso.

—Marcela, amor mío, cariño. ¿Cómo puedes ni imaginar que yo piense...? ¿Estás loca? Mañana mismo me haré un reconocimiento; verás que no soy estéril. Pero también te digo que, de saber eso, jamás me hubiera casado. Pero por tus padres. Que por ti no me preocupé nunca, porque siempre supe que el amor, la ternura, la sensibilidad, superaba con creces todos los traumas que pudieran arrastrar los hijos que tuviéramos. Pero ahora... Es sorpresivo, Marcela, y no quiero que vivas inquieta ni que digas nada a nadie, que, si algo hay que decir, lo diré yo.

19

Fue a media mañana, ella aún no había salido de su cuarto, cuando sonó el timbre del teléfono de su alcoba.

—Sí, dígame.

—Soy yo, Marcela.

—¡Lucas!

—Tenías razón. Nuestros exámenes de estudiantes fueron estúpidos. Acabo de venir de los laboratorios. Todos dieron positivo.

—¡Oh!

—Mira, hay que asumir la responsabilidad. El hecho de tener un hijo contigo me llena de felicidad, pero... Tú sabes ya qué peros estoy poniendo y a lo que me refiero.

—Sí, sí, Lucas.

—Pues tú, tranquila, que yo soy lo bastante hombre para decírselo todo a tus padres. No voy a ocultar nada, y si tenemos un hijo negro... sólo tú y yo sabremos que eso supone una tremenda contrariedad, y no por nosotros, sino por el hijo mismo.

—¿Estás seguro de tus orígenes?

—Segurísimo. De mi esterilidad no tanto, y ahora, claro ya, sé que nos hemos jugado demasiadas cosas haciendo experimentos. Y que todo fue demasiado absurdo. Antes de casarme contigo, debí someterme a estos exámenes y exploraciones. Pero no se me ocurrió.

—Ven a casa tan pronto puedas, Lucas.

—Estás muy disgustada, ¿verdad?

—Nada.

—¿Nada?

—En absoluto. Será nuestro hijo, y lo vamos a querer como queremos a Luis y a Neni. Los tres serán iguales, y si tenemos uno de color, ¿qué diferencia existe? A fin de cuentas es de los dos y de esos momentos tan deliciosos disfrutados juntos. Lucas, ven en cuanto puedas. Te necesito, y te diré más. Esta tarde estaré allí donde tú sabes.

—¡Marcela!

—Te amo, Lucas. Con todo lo que lleves encima, que a mí me importa un rábano.

—¿Y tus padres?

—Hay que asumir la realidad y decir todo cuanto tú sabes de ti mismo y tus antepasados. Y si mis padres no desean un nieto diferente, nos iremos.

—Tu padre es encantador, Marcela.

—No sé cómo será ante esa realidad que ambos, deliberadamente, ocultamos por considerar que no era necesario. Pero las cosas han cambiado, e igual que voy a tener un hijo, puedo tener media docena, y eso ya será diferente para mis padres. Te admiran y te quieren, pero…

—Temes que no me acepten.

—No lo sé, Lucas. Pero tú ponte en lo peor.

—De acuerdo. Seré sincero. Y me confesaré ante tu padre, pero, si te apetece, diles ya que vas a ser madre, que mi esterilidad fue fruto de una imaginación de estúpidos estudiantes. No me duele ni me pesa. Por ti daría mi vida, pero también quisiera conservar a tus padres, Marcela. A ti te admiran. Háblales; sé sincera. No ocultes nada. Yo estaré ahí tan pronto salga del hospital. Te aseguro que conversaré con tu padre, y no pienso ocultar mi origen. Que si bien es el que tú sabes, también puede ocurrir que todo sea tan viejo que ya no queden genes de ningún tipo en cuanto a un pasado que ni yo mismo sé de cuándo procede.

—No te aflijas por eso, Lucas. Que no te aflija nada. Yo te amo, y estaré en aquel lugar que tú sabes, al anochecer. Mi padre puede optar por dos cosas. O perderme con toda mi prole o aceptarnos tal cual somos.

—Gracias, Marcela.

—Hasta pronto.

Colgó el aparato telefónico y se quedó en el lecho oyendo los gritos de sus hijos adoptivos, que jugaban con la nurse en el jardín, y a sus padres conversando en voz baja, cuyas voces llegaban de la terraza.

Decidió abordar el asunto, asumirlo todo como hizo en su momento, cuando dejó plantado a David. Supo entonces cuánto daño les había hecho, pero también supo cuándo éste se disipó. Unas tierras más o menos, teniendo ellos tantas y siendo el mejor ganadero de la comarca resultaba necio sacrificar la vida de una hija a un amor que ya no existía.

Se levantó perezosa. No se sentía muy bien de salud, dado que llevaba un embarazo encima, pero eso era lo de menos. Porque lo esencial era que ella y Lucas estuvieran de acuerdo, y lo estaban en todos los detalles, fueran estos negativos o positivos para los demás. Porque lo primordial eran ellos mismos.

Se duchó con calma y dejando que el agua resbalara por su cuerpo y la azotara. Una cosa tenía clara, y sabía que Lucas también la tenía, aunque ella aún no se la hubiese dicho. Que dejaría el hospital, que se dedicaría a ser madre, ama de casa, esposa de su marido. Y hasta veía a

Lucas prescindiendo de su puesto en el hospital como jefe de equipo y convirtiéndose en ganadero. Sin lugar a dudas, la frustración de Lucas fue toda su vida la ganadería, a la cual no había accedido por convertirse en médico. Pero entre su vocación de tal y su afición al campo, ganaba lo último; estaba claro por su forma de comportarse.

* * *

—Mira —siseó Gerardo, mostrándole otro pliego anónimo a su esposa—. Es lo mismo o parecido.

—Y dice...

—Lo que tú ya sabes. Que Lucas tiene orígenes algo extraños y que Marcela está embarazada. Según parece, la esterilidad de Lucas fue cosa de estudiantes, y como él, en el fondo la deseaba, pues se aferró a ella.

—¿Y qué harás tú, Gerardo?

—Esperar.

Apareció Marcela en la terraza. Aún llevaba el cabello espigoso tirando a cobre, mojado, y las facciones algo desfiguradas. Gerardo pensó: «Eso es cierto. Está embarazada».

María se levantó, fue hacia ella y la besó con suma ternura.

Marcela pensó: «Lo saben, lo adivinan o alguien se lo dijo».

Pero guardó silencio. Remi le sirvió el desayuno y, entre sus padres, tomó el zumo, después el café con tostadas y mantequilla, mientras miraba, arrobada, cómo los niños jugaban con la nurse, yéndose patio abajo tras una pelota.

—Son divinos, ¿verdad? —comentó la madre, interrogante.

—Preciosos, mamá.

—¿Es que ya no vas al hospital? —preguntó el padre mansamente.

—No sé si volveré. Os tengo que dar una noticia.

—¡Oh!

—¡Ah!

—Estoy embarazada. Lo de Lucas era falso. Cosas de estudiantes. Se hizo un reconocimiento esta mañana. No hay nada de esterilidad.

—Marcela, eso es fantástico.

—Sí, papá, pero yo deseo que Luis y Neni sean en esta casa dos hijos más, aparte del que voy a tener.

—¿Y quién lo duda?

—Lo digo por si en vosotros cabe esa duda.

—Mira, Marcela —dijo el padre con acento extraño, pero sin decir cuánto de más sabía sobre aquel asunto anunciado por los anónimos—, tus hijos, tanto los que ya tenemos aquí, como el que venga, y si vienen media docena mejor, serán igual. Tú vive tranquila.

No, mucho menos que eso. Faltaba lo peor, y no sabía aún cómo lo tomarían sus padres. Lo peor de todo sería cuando naciera el hijo. Porque, tal cual ella conocía a sus padres, si era de color, sería como un trauma, como una vejación.

Pero no pensaba hablar de ello, porque, a fin de cuentas, Lucas era lo bastante hombre para abordar aquellos asuntos. Sabía, además, que los abordaría sin preámbulos, y que cada cual tomara las determinaciones que considerara oportunas. Ella no renunciaría jamás a Lucas. Y si tenía que irse con sus hijos adoptivos y el suyo propio, o veinte más que tuviera, lo dejaría todo para seguir a su marido.

Estuvo a punto de contarles toda la realidad, pero sabía que, de ser alguien sincero allí, habría de ser Lucas, y no permitiría que ella sufriera por dejar patente una verdad que conformaba y compendiaba la vida de su marido.

Por eso quizá, una vez desayunada, se fue a jugar con Luis y Neni, y con la nurse, que, por ser joven, aunque inglesa, conociendo mucho de español, jugaba con los niños como si fuera una más.

Lucas no acudió a la hora de almorzar. No siempre acudía, pero a las cuatro, cuando retornaba, solía irse al campo con su padre, ambos a caballo y ambos compenetrados.

Esa tarde decidió ir a la casita ubicada en la bifurcación, que estaba llena de hierba seca y olía a campo, a flores, a veces a humedad, y otras veces a tierra mojada, que para ella resultaba enervante.

Se ponía el sol. Se oían, lejanas, las voces de los braceros, que se iban cada cual a sus casas, alzadas en la colina y que dependían de la hacienda de su padre. Mientras se estiraba en la hierba, pensó: «Un día quizá tenga que irme con todo mi bagaje, pero me iré sin dudar. Lucas es para mí lo más extraordinario, y si papá lo despide por tener un origen muy particular, peor para mi padre, porque yo seguiré a Lucas al fin del mundo».

Eso lo tenía muy claro, tanto que cuanto más pensaba en ello, más deseaba que Lucas, al fin, le dijera la verdad a su padre. Porque, si no tuviera hijos, esa verdad podía callarse, pero, existiendo éstos, ya no podía callarse nada.

Oyó el trote del caballo y se incorporó un poco en la yerba.

En seguida apareció Lucas mirando aquí y allá y gritando:

—Marcela.

—Estoy aquí.

Lucas fue hacia ella y cayó a su lado.

—No he dicho nada aún. Esperaba verte. Pero esta noche lo digo todo, no pienso callarme nada —mientras decía esto cayó junto a ella y se revolcaron los dos en las pajas secas que olían a verano, a flores, a esa yerba seca que tiene un olor especial—. Cariño... saben que estás embarazada y que mi esterilidad era fruto de unos estudiantes sabihondos que sabían muy poco.

—Sí.

—¿Y has dicho todo lo demás?

—Eso queda para ti.

—Lo diré, lo diré. Pero ahora no diré nada. Estoy aquí contigo, y me gusta estar y me entra una inefable necesidad de estar...

Y estaba. Y allí, de no hallarse Marcela embarazada, se podría fraguar otro hijo.

Anochecía ya cuando Lucas dijo:

—¿Y si no aceptan la realidad?

—Tomaremos de la mano a la nurse y a los niños y nos iremos.

—Dejándolo todo atrás.

—Todo, Lucas. ¡Todo! Y lo siento por ellos.

—Pero es que aún no puedes juzgarles.

—Tú me dirás cuándo puedo.

—Les conoces mejor que yo.

—Sí, y pienso que cedieron temiendo perderme, pero aceptar un nieto negro, no estoy segura.

—¿Y por qué ha de ser negro?

—¿Y por qué no?

Lucas se quedó desmadejado y dijo, apretándose contra ella y hundiéndose ambos en la yerba seca:

—¿Y por qué no? Tienes razón, ¿y por qué no?

20

Suéltalo, Lucas.

Lucas, que fumaba recostado en la balaustrada de la terraza, miraba al fondo. Pero al sentir la voz de su suegro, se volvió.

—¿Soltar?

—Mira.

Y le mostró tres cartas sin firma.

—¡Cielos!

—¿Quién te quiere tan mal, Lucas?

—No sé.

—Yo creo adivinarlo.

—Pero es que, aunque no firme, dice la verdad.

—Ah... —Gerardo engulló saliva—. ¿Dice la verdad?

—Absolutamente, y me asombra que sepa tanto de mi vida, cuando la única que lo sabe es Marcela. Y ya no menciono el embarazo, porque eso ya te lo ha dicho ella. Un juego de estudiantes me hizo pensar que era estéril. Sé que no nos engañamos mutuamente, sino que consideramos que sabíamos demasiado. Y sabíamos demasiado poco. En fin, eso es verdad, y lo otro también. Me lo dijo mi padre en una ocasión.

—Y eso te mengua.

—Por lo menos, el no poder tener hijos lo consideraba casi una suerte. Por eso, Marcela y yo nos apresuramos a adoptar dos niños. Dos niños que serán nuestros hijos mayores en el futuro y a los que enseñaremos a ser hermanos de su hermano menor, sea del color que sea.

—¿Cuántas generaciones hubo, Lucas?

—Ni idea.

—Quizá tu padre se equivocó.

—Puede, pero, sea como sea, Marcela y yo estamos dispuestos a recibirlo con entusiasmo, porque será lo más hermoso que hayamos tenido entre los dos.

—¿Y qué piensas de esto, Lucas?

Y le mostró los anónimos: tres, más el que había quemado y que decía las mismas cosas.

—Envidias, felonías, gente que está demasiado desocupada. Por otra parte, y sin saber que existían, te lo estaba diciendo Gerardo. Es más, te diré algo que también considero interesante para ti. Soy hijo, como sabes, de gente humilde. Me hice médico para dar gusto a mi padre. El falleció tranquilo. Pero, por muy vocacional que sea, yo me crié en el campo, que es lo que me gusta. Pienso que soy un hacendado frustrado.

Gerardo, que se hallaba solo en el salón con Lucas, se fue al bar.

—¿Tomas algo?

—Nada.

—Dime, Lucas, si yo te pidiera que lo dejaras todo y te dedicaras plenamente a la hacienda, ¿qué harías?

—No por ti —apostilló sincero—, pero sí por esa vocación frustrada que tengo. Y me dedicaría a ser hacendado, si bien también curaría a mis gentes, todas las que por una causa u otra pertenecen a esta heredad. Pero te pido, por favor, que no condenes al hijo que va a tener tu hija. Eso sí que no lo soportaría. Marcela y yo nos entendemos en todos los sentidos, compartimos los mismos gustos y las mismas aficiones. Pero, si tengo un hijo de color…

—Y temes tenerlo —le atajó Gerardo.

—Puede ocurrir.

—¿Qué harías?

—¿Yo? Te pregunto qué harías tú.

—Lo aceptaría.

Lucas se le quedó mirando desconcertado.

—¿Lo aceptarías?

—Sí. No podría olvidar jamás que lo había parido mi hija.

—Y yo…

—Tú eres su marido, a quien admiro mucho. Tú no tienes culpa de nada al tener otros orígenes, pero, a mi modo de ver, los orígenes son sólo los humanos, y que tengan un color u otro poco importa.

—Dame un brandy, Gerardo.

—¿Lo necesitas?

—Tú también lo estás tomando.

—Sí, sí. Pero quiero que sepas que, ocurra lo que ocurra, María y yo estaremos a vuestro lado y al margen —arrugó los anónimos— de todo esto.

Y sin más se fue al mostrador del bar y sirvió dos copas abombadas. Al salir de allí y darle una a Lucas, dijo quedamente:

—Lucas, estás llorando.

—Yo nunca lloro.

—Sí que lloras. ¿Por qué, Lucas?

—Porque os tomé cariño, y perderos sería como perder algo de mi vida.

Gerardo le palmeó el hombro.

—No perderás nada. Te necesito aquí, y soy tu amigo. Creo que las personas son como son, y nada más. Que tengan un color u otro, importa un rábano. Te diré también, porque te lo tengo que decir para aclarar mis ideas y las tuyas, que hubo un tiempo en que no pensé así, pero hoy, y después de vivir con vosotros tan de cerca, no soy capaz de volver atrás. Deja que el tiempo pase, que cada día vaya siendo uno más, y al final ya veremos. Pero entre todo eso, que puede ser dudoso, te digo ya que estaré al lado de mi hija, y juntamente, al lado de su marido.

Lucas bebió el contenido de la copa de un solo y largo trago.

—Lucas —siseó Gerardo—, no te emborraches.

—Me gustaría hacerlo y pensar que todo esto es una visión fantástica que no he vivido jamás.

—Eres real, y estás aquí conmigo. Me hago cargo de todo y lo acepto todo. Todo, antes que perderos a ti y a Marcela. Lo entiendes, ¿no?

Sí, sí, lo entendía, pero no podía evitar que su sensibilidad se conmoviera. Sólo supo palmear el hombro de su suegro y decir quedamente:

—Gracias. Gracias, Gerardo.

Después se fue muy aprisa. Tenía miedo de que todo fuera fantasía y que él estuviera soñando. Pero se pellizcaba y se daba cuenta de que estaba bien despierto, sin más.

* * *

Fue, digamos, un embarazo tranquilo y si bien los anónimos se seguían recibiendo, Gerardo se los entregaba a Lucas, y éste sonreía.

—¿Qué supones?

—David.

—¿David?

—¿Y quién se puede interesar por vuestra felicidad? David, que no perdonó nunca que Marcela lo dejara.

—Pero si es un macaco rico que vive del trabajo de sus peones. Yo no lo veo, Gerardo —añadió Lucas—. Carezco de tiempo. Pero Miguel, un gran amigo mío, me dijo que le había contado a su hermana mis dos traumas. Y parece ser que, una vez David los supo, éste plantó a la hermana de Miguel. Pero eso suele ocurrir. No te voy a negar que estoy encogido. Temo que me nazca un niño de color…

—Pues, si sale, salió, y punto. ¿Te enteras? Será hijo de Marcela y tuyo. Para María y para mí, será más que suficiente para amarlo.

Pero no nació así.

Marcela dio a luz en el hospital donde Lucas aún figuraba como jefe de equipo, si bien tenía bien claro que se integraría en el cortijo de sus suegros y se olvidaría un poco o un mucho de su situación como médico internista, pues cada día se ocupaba más de los enfermos que pertenecían al cortijo.

La noche en que Marcela se sintió indispuesta y próxima a dar a luz, los anónimos ya no llegaban, porque maldito si a Gerardo, María, Lucas y a la misma Marcela importaban nada.

Allí estaban todos, sólo que Lucas andaba por los quirófanos, esperando. María y Gerardo, en la sala de espera.

Lucas, de vez en cuando, con esa sabiduría del médico profesional, les imponía tranquilidad.

—Os lo diré tan pronto nazca.

—Pero... ¿hay contratiempos?

—Ninguno, María.

—Pues no entiendo qué sucede.

—Sucede que estamos atendiendo un parto normal. Sólo nosotros sabemos que puede ser diferente, y ya sabéis en qué sentido.

—Eso es lo de menos.

—Pues lo importante es esperar. Volveré tan pronto tenga al niño en el mundo.

—Ya sabemos que es varón.

—Por eso mismo —y los ojos de Lucas se humedecían a su pesar—. Será el varón que tendremos Marcela y yo, el primero, pero Luis será el primogénito.

Se fue. Gerardo no cesaba de dar paseos y María le miraba desorbitada.

—¿Y si es negro, Gerardo?

—Que sea del color que sea. Es hijo de nuestra hija y de nuestro yerno, ¿no?

—Sí, pero tú...

—Y tú...

—Estás temblando.

Sí que lo estaba.

Fue una noche larga y tremenda para los padres, pero más para Lucas, que se hallaba en la sala de partos. Y al fin nació el hijo.

Era normal, de pelo negro, moreno de piel, pero nada más.

—Lucas.

—Cállate, Marcela. Descansa.

—¿Y el niño?

—Escucha cómo llora.

—Es…

—Es como yo.

—¡Dios mío! ¿No es… negro?

—No. Como yo, y punto. Morenito, de ojos negros, aunque los tiene cerrados, pero yo los he visto —se inclinó hacia Marcela—. Amor, cálmate, no temas nada. Verás que todo es normal. Tengo que ir a ver a tus padres. Quiero que lo vean.

Después de besar a Marcela en la boca y secarle el sudor que perlaba su frente, salió a paso largo.

—Ya lo tenemos aquí. Podéis pasar a verlo. Es como yo, ni más ni menos. Morenito, de ojos negros. Venid.

Y fueron, y vieron lo que deseaban ver. Un chiquitín moreno, de negro pelo y tez morena, pero nada más.

Epílogo

Nacieron dos más. Pero, para entonces, ya Lucas había dejado el hospital y se dedicaba a las faenas de la finca, juntamente con su suegro y su mujer. Tenían dos hijos adoptivos, uno de ellos que se integraba entre aquellos otros dos, y cuando nacieron los otros dos, que no eran negros, sino morenos como su padre, Marcela dijo a Lucas:

—Ya está bien. Tres hijos propios y dos adoptivos, ¿no te parece suficiente?

Lucas rió. Se había convertido en un hacendado, que sabía cuánto tenía entre manos. Y como médico, más bien rural, atendía a sus clientes, pertenecientes todos a la heredad. El cortijo crecía, y Lucas se adiestraba cada día más en sus faenas.

—Si tú quieres, no hay más.

—Es que no tenemos ni uno negro.

—Y claro. ¿Por qué habíamos de tenerlo? Se parecen a mí. Y yo no soy nadie para decir si mi hijo va a ser negro o moreno únicamente. Verás cuando sean mayores cómo arrasan.

Los miraban desde el ventanal. Los cinco jugaban con la nurse, y el rubio pelo de Luis no impedía que se amaran entrañablemente. Gerardo solía jugar con ellos y María los atendía.

Ellos dos, a veces, se iban a aquel apartamento donde se inició su relación.

—No más hijos, Lucas. Es que estoy agotada. En poco más de cuatro años, tres, ¿no es suficiente?

Lucas reía y la miraba malicioso.

—Es que nos gusta hacerlos.

—Pero yo los tengo que parir.

No tuvieron más, de momento. Cinco hijos, tres propios, de sus relaciones, y dos más, adoptivos, eran suficientes.

Un día, Lucas le dijo a Marcela:

—¿Sabes que David se casa?

—¿Con quién?

—Con una potentada.

—Pues es lo que él quería.

Y reían ambos. Intimistas, enervados, voluptuosos.

A veces, en los atardeceres, se iban a la casa del pajar y Lucas decía a Marcela, pegándola contra su costado:

—¿No quieres más, de verdad?

—No.

—¿Y otro?

—No, Lucas, no. Ya está bien. Hube de renunciar a mi puesto de enfermera, y tú al de médico. Con cinco tenemos suficiente.

—Uno más.

—Lucas.

Y Lucas, riendo, enervado y apasionado, hizo el sexto. Nació moreno, con ojos negros, pero normal.

Normal, en cuanto ellos suponían, pues claro tenían que un día podría nacer un hijo negro. Pero no ocurrió.

—Si serás... —solía decirle ella.

Lucas la adoraba. La besaba afanoso, como si fuera la primera vez.

Gerardo y María vigilaban la educación de la prole de su hija que, según pensaban, iba a ser abundante. Pero no lo fue.

El sexto hijo, contando con los dos adoptivos, y nada más.

Pero ellos seguían yendo a la casita de yerba seca y al apartamento de la ciudad.

Allí vivían, y vivían tanto que a veces tenían miedo de engendrar otro heredero, pero no ocurrió.

—Te adoro —le decía Lucas en sus afanes amorosos retozones.

Y Marcela temblaba.

Se enardecía.

Y le decía en voz baja, quedamente:

—Lucas, yo te adoro; si me faltaras, me moriría.

Otros títulos de Corín Tellado en Punto de Lectura

La amante de mi amigo

Érika emigra a Madrid y trabaja como secretaria para Juan, de quien se enamora apasionadamente. Las diferencias sociales y de edad no suponen un obstáculo para su romance, pero Juan está casado y tiene hijos, y aunque promete que se divorciará de su mujer para irse a vivir con Érika, ese momento no acaba de llegar. Un encuentro casual reúne a Juan con su antiguo compañero de estudios Borja, quien a su vez es amigo y confidente de Érika. La aparición de Borja complica aún más la difícil relación de los dos amantes. El deseo, la bondad, el amor, el egoísmo, la ambición, las mentiras y la sinceridad de los protagonistas se ponen en juego en una interesante novela que nos llevará de Londres a Madrid y a la selecta Marbella.

El engaño de mi marido

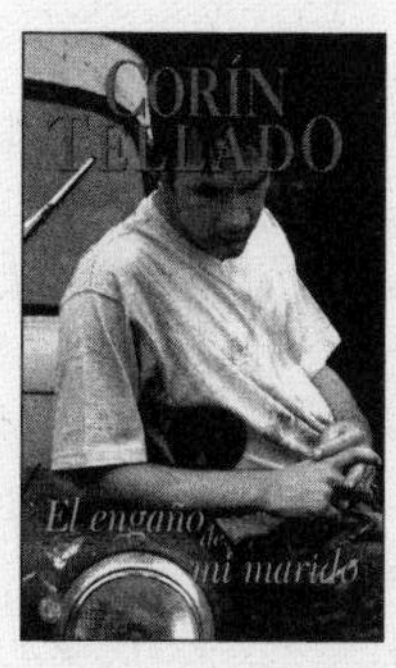

Poco se imaginaba Megan que su enamoramiento, que era la base de su felicidad, sería la destrucción de su familia. Ni que su padre, que había empezado de la nada, se opondría a su noviazgo con Ralph. Y esa oposición fue tan cruel y humillante... Tanto como la venganza de Ralph. Y ella, buena, inocente y enamorada, temblando en medio de los dos hombres más importantes de su vida como una hoja en la tormenta...

Cásate con mi hermana

Omar amaba a Nona. A pesar de todo, por encima de su frialdad, de su lejanía y de sus silencios. Se casó con ella sabiendo que pensaba en otro, que nunca sería realmente suya. Al poco de casarse descubrió que su frialdad escondía algo, que la mujer a la que tanto amaba era distinta de lo que él había pensado, y que Eric, hermano de Nona y amigo de Omar, era en gran parte responsable de la tristeza de la mujer con la que estaba decidido a compartir su vida.

Semblanzas íntimas

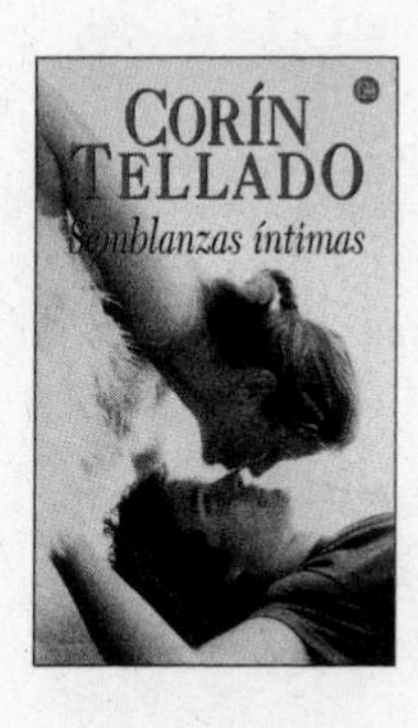

Cole nunca fue una niña como las demás. Silenciosamente, siempre había amado a Burt, el patrón del rancho donde su padre trabajaba como capataz. Cuando termina la formación educativa de la protagonista, él, siempre tan indiferente, repara en ella por primera vez, y Cole se presta a sus deseos. Su amor por él hace que se sacrifique hasta el punto de verse convertida en su amante, en un entretenimiento más, que ella acepta a pesar de todo. Pero sus firmes y profundos sentimientos logran que resista tan dura prueba y salga de ella triunfante.